JN064974

加藤剛さんと
ノーベル賞詩人イェイツ

大森惠子

鳥影社

加藤剛さんと著者

加藤剛さんにドイツ・リートを朗読していただいた
CD ブック『春の夢』の収録スタジオで

加藤剛さんからのお手紙

折に触れ、
お便りを頂戴した

まっすぐな道はよきその夏木立

目下またまた「コルチャック」の暑い夏です。
何度も観ていただいたコルチャック先生ー
もう十年来の持ち役ですが、今回は
外部出演でなくスタイルも一変。
スーパープレーヤーのギター二台による
ショパン演奏と俳優九人（幼年俳優は出ません）
のダイアローグのコンサートです。おそらく
日本初演でしょう。（国立博物館での上演）
地味な作品ですが、内容は深められました。
どうぞ緑深い上野の森へお越し下さい。
心からお待ち申し上げます。
よき夏をお過ごし下さいますよう。

二〇〇六年夏　加藤剛

大森恵子様

ノーベル賞詩人 W. B. イェイツ

「イェイツの詩こそ、加藤剛さんに詠んでいただきたい」
それが『愛と叡智・イェイツの世界』へと繋がった

CD ブック『春の夢―心に響くシューベルト歌曲の天の調べに耳をすませて』と
その出版記念会での一コマ（前列、右から加藤剛さん、著者）

『愛と叡智・イェイツの世界』と、
駐日アイルランド大使が、アイルランド大使公邸で開いてくださった出版をお祝いする夕食会の一コマ
（左から三人目が著者）

加藤剛さんとノーベル賞詩人イェイツ　目次

加藤剛さんとノーベル賞詩人イェイツ

前書き

俳優の加藤剛さんは二〇一八年六月一八日に亡くなられた。

加藤剛さんと言えば、一九六二年、早稲田大学在学中にテレビの『人間の條件』で主役の梶を好演されて以来、演劇や映画で、素晴らしい作品の数々を演じてきた方だ。

普通なら、ブラウン管を通してしか、あるいは舞台の下からしか、なかなかお目にかかる機会のない加藤剛さんに、私は不思議なご縁に恵まれた。

『愛と叡智・イェイツの世界』の出筆の基となった、イェイツの評伝 "W. B. Yeats A Life" (Richard J. Finneran 〈edited〉, The Collected of W. B. Yeats, Simon & Schuster Inc., N. Y., 1996) をほぼ訳し終えた二〇〇〇年秋に、私はシューベルト歌曲を音楽の演奏も添えながら、詩の意味を解説するＣＤブック『春の夢――心に響くシューベルト歌曲の天の調べに耳をすませて』（ビクターエンタテインメント）を制作した。

その中の八編の訳詩のうち、『ます』『春の夢』『おやすみ』『菩提樹』『春に』『音楽に寄せて』の六編を加藤剛さんに、『糸を紡ぐグレートヒェン』『夕映えに』の二編を檀ふみさんに朗読していただいた。

その後、二〇〇四年に出版した『愛と叡智・イェイツの世界』でも、イェイツの原詩と訳詩の朗読CDを添付した。その訳詩朗読も、再び、加藤剛さんに朗読していただいた。

加藤剛さんのお別れ会が、二〇一八年九月三〇日、東京の青山葬儀所で執り行われた。お別れ会の冒頭に、アイルランドのノーベル賞詩人、ウイリアム・バトラー・イェイツの詩と解説を載せた私の著書『愛と叡智・イェイツの世界』（二〇〇四年、思潮社）に添付したCDの訳詩朗読『イニスフリーの湖島』の音源が、加藤剛さんの生前の声として流された。

ご子息に拠れば、「父がこの訳詩朗読を家で一生懸命に練習していた姿を覚えていたのと、この詩の内容が、父が天国に逝くのに相応しいと思えたので、家族と相談して選んだ」とのお話だった。

加藤剛さんが、私の訳したイェイツの詩のご自身の朗読を最期に聴きながら、天国に逝かれたと思ったら、有難いような嬉しい気持ちが湧いた。

その夜、加藤剛さんの朗読のイェイツのCDを聴いて、遠く旅立たれた加藤剛さんを偲んだ。CDを改めて聴いて、加藤剛さんが、イェイツを深く熟知されていたと今更ながら思った。しかも、ご子息の言うとおり、『イニスフリーの湖島』の詩は、確かに、加藤剛さんが天国に逝かれるのに、ぴったりに思えた。

イニスフリーの湖島

The Lake Isle of Innisfree

I will arise and go now, and go to Innisfree,
And a small cabin build there, of clay and wattles made:
Nine bean-rows will I have there, a hive for the honey-bee,
And live alone in the bee-loud glade.

And I shall have some peace there, for peace comes dropping slow,
Dropping from the veils of the morning to where the cricket sings;
There midnight's all a glimmer, and noon a purple glow,
And evening full of the linnet's wings.

I will arise and go now, for always night and day
I hear lake water lapping with low sounds by the shore;
While I stand on the roadway, or on the pavements grey,
I hear it in the deep heart's core.

私は立ち上がって、今こそあのイニスフリーへ行こう、
そして、そこに粘土と小枝で小さな小屋を建てよう。
九つの列に豆を植えて、蜜蜂のために巣を造ろう、
蜜蜂の声に浸って静かな空き地に一人で暮らそう。

そこに行ったら心の安らぎが得られるだろう、というのも
安らぎがゆっくりと降りてくるから。
そう、夜明けの空からこおろぎの鳴く夕方まで、安らぎが
ゆっくりと降りてくるから。
そこでは真夜中が全て朧な光となって輝き、真昼は辺り一面
赤紫色の輝きとなり、
夕暮れは群れをなして紅ヒワがはばたくその羽音で一杯だ。

今、私は立ち上がって行こう、というのも夜も昼も絶えず
私には湖の岸辺に寄せる波の調べが低くひたひたと聞こえるから。
都会の車道や、灰色の舗道にたたずむときも、

私の心の奥深いところでその波の音が絶えず聞こえるから。

（大森恵子訳詩『愛と叡智』より）

加藤剛さんは、私にとって単に、イェイツの心を表現する演技者に留まらない。イェイツを借りて、私自身の人生を極め尽くそうと願う道での、掛け替えのない応援者であってくださった。私の想い入れに、生身の人間としての加藤剛さんが誠実に向き合って、私の人生に宝物を残してくださったご芳情に感謝を込めて、ここに書き留める。

第一章　加藤剛さんと出会うきっかけ——シューベルトさんのおかげ

1

シューベルトの『冬の旅』に初めて感動した日から三〇年、一九九九年頃には、私の中に以前よりも鮮明で体系的なシューベルトが形作られてきたように思う。

たまたま一九九九年の秋、娘の学ぶ日本女子大学附属中学校で、父母による講座が企画された。

さまざまな分野にわたる講座が開講され、シューベルトの講座の受講を希望した生徒は二〇人くらいいた。中学校の一教室で、シューベルトについて話す機会を持った。

私は一九九四年まで、附属高校で、大学で英文科に進みたいと思っている生徒のために、一コマ二時間に亘(わた)る英語選択授業を担当していた。

そのため、中学校の先生には、「大森先生は、英文学に関する話をされるとばかり思っていたら、シューベルトのお話とは、それはまた、びっくりですね」と、驚かれた。

当日は、シューベルトの生きた時代背景、シューベルトの人生、想いなどを語りながら、実際に詩を読む。シューベルトが詩をどのように解釈して、曲をつけたのか。シューベルトの想いを考えてもらって、音楽を聴いた。

授業では、生徒たちは終始じっと静かに私の話に耳を傾けていた。中学生には少し難しいかしらと思い、不安になった。

持参したキーボードで、シューベルトの転調の部分を弾いてはみた。けれど、中学生に果たしてどこまで、転調の見事さを伝えきれたのか、ひどく心配であった。

しかし、帰宅してから、授業後に書いてもらった感想文を読むと、生徒たちの感性は私の危虞（きぐ）を吹き飛ばした。

受講した生徒からの感想文には、瑞々（みずみず）しく豊かな反応がたくさん返ってきて、感動させてくれた。

「こんなにも深く一人の作曲家の話を聞いたり、曲を存分に聞けたことは嬉しいです」

「私は一時とても苦しい思いをしましたが、そんな時にこのシューベルトの歌曲を聴けば、新たな考えが持てたかも知れません」

「ただ甘い夢、辛い思い出に終わらず、その中にも自分を見失わない、現実を忘れないところがシューベルトの曲のすばらしさとわかりました」

「心に悲しい気持ちがあっても、それをメロディーに変えることによって生きていたシューベルト。私に本来の音楽を教えてくれました」

等々の感想が書かれていた。

中学生が「**曲を聴く前に詩を読んだことで、曲がさらによく理解できた**」とか、「**ドイツの歴史的、時代的背景、シューベルトの人生や想いの話があって、シューベルトの音楽がよくわかったように思う**」といった感想文が多く寄せられたのに励まされた。

2

二ヵ月後の一一月、知己の翻訳家の芦田美玲（仮名）さんと、表参道の《ヨックモック》青山本店でお茶をした。

芦田さんは、三〇年来の知人で、年齢は五〇歳。目の大きなエキゾチックな顔の女性だ。洋服のセンスもよく、その日は、濃い緑のスーツを着ていた。芦田さんとは、これまでも時折会って、色々な文学について語り合っていた。

「先日、日本女子大学附属中学校の中学生にシューベルトの話をしたのよ。音楽を聴きながら、歌詞の意味や、シューベルトの想いなどを話したの。そうしたら、意外に、中学生が反応してくれて、嬉しかったわ」

芦田さんは大きな目を、さらに見開いた。

「面白そう。中学生は、どんな反応をしたの？」

「こんなにも深く一人の作曲家の話を聞けて嬉しいとか。シューベルトは心に悲しい気持ちがあっても、それをメロディーに変えることで生きていた。この講座では、本来の音楽の意味を教えてもらえた、とか」

「中学生にしては、みんな凄いわね。よく、そこまで感想が書けるわ。その時の原稿があれば、惠子さん、私にも、読ませてくださる？」と、芦田さんは早く読みたそうな顔をした。

「いいわよ。中学生に話した時のままの原稿でよければ、家にありますもの」と、私は答えた。

「そのままでいいから、早く見せてくださる？　楽しみにしているわね」

芦田さんは、満面に笑みを湛（たた）えて、私に頼んだ。

3

一ヵ月後に芦田さんに会った時、「これが中学生に話した時の原稿よ」と、そのまま原稿を手渡した。

「ずいぶんたくさんんね。平積みにしたら、三センチくらいあるわね。こんなにたくさん話されたの？　凄い。今日、家に帰ったら、さっそく読ませていただくわ」

「読んでいただけたら嬉しいわ。中学生の感想文も一緒に入れてあるので、ご覧いただけたらと」

すると、翌日、芦田さんから電話で「この原稿を基にCDブックのようなものを作ってみたらいいのでは？」と勧められた。

「すぐにイメージが湧かないけれど、それってどんな風になるのかしら？　芦田さんは、どう思う？」

「女子大の附属中学で話された時と同じように、シューベルトのリートの歌詞の時代背景や、シューベルトの想いの解説と原詩の朗読と歌曲の演奏の三部構成にすればいいのでは？」

「なるほど。確かに、そんなCDブックができたら素敵だわ」

私の胸は一気に膨らんだ。心は、先般の中学生の感想文の励ましに押されてもいた。

子供たちや目の悪い方々や、ドイツ語を知らない人々にとっては、単に音楽だけではない、丸ごとシューベルトとでもいうようなCDは意味があるように思える。

本という活字からではなく、耳で聴いて、シューベルトの全体がわかるもの。

また、ジャケットに記載されている詩は、なかなか読みづらい。そこで、日本語の朗読を通して詩の意味を理解してから、原語の音楽を実際に味わう。そんなCDがあれば楽しいかしら、と思えてきた。

「でも、どこに頼めばそのようなCDが作れるのかしら？」

「ビクターにでも電話で聞かれてみたら？　きっと誰かその企画を聞いてくださる方がいると

思うわよ」と、芦田さんは勧めてくれた。

「それはいい考えね。そうしてみるわ」

急に浮き浮きした思いになってきた。

4

その翌日、さっそくビクターエンタテインメントに電話を架けた。

CDの制作担当者の笠井正則さんが電話に出られた。

「突然すみません。全く素人の個人の者ですが、シューベルトのCDを作りたいと思っています」

「どんなCDをお考えですか？　演奏ですか？」

笠井さんは、この人はいったい何を考えているのだろうか？　とでもいう風な感じで、神妙に尋ねた。

「シューベルトの人生や想いを解説し、歌詞の意味を考えます。詩の朗読を聴いて考えながら実際に音楽を聴く。そのようなCDを作りたいのです」

と、CDブックの企画案をお話しする。

「それは、良いアイデアですね」

と、笠井さんは、私の話をご親切に、長時間聞いてくださった。

「大森さんが考えるようなCDを、ぜひ作りましょう。制作の協力をしたいと思います。お打ち合わせをしたいので、一度、ビクターまで来てもらえますか」

と、笠井さんは協力的にシューベルトのCD企画に賛同してくださった。

「ご賛同いただけてとても嬉しいです。明日お伺いします」

思わぬ展開に小躍りする気分だった。

さっそく、打ち合わせに青山のビクターエンタテインメントの会社に行く。

笠井さんは四〇代前半くらいで、素朴で、気のいい方だった。きっちりした髪型で、ブルーのカラーシャツに、グレーのベストを余りがないようにタイトに着ている。

笠井さんから、「こちらは、ディレクターの横手一平さんです。大森さんのCD制作を担当してくれますから、遠慮なく注文してやってください」と、紹介された。

横手さんは背が高く、ダンディーで、少し波打った髪型で、白やグレーのシャツをラフに着こなしていた。笠井さんより、少し若く見えた。

「横手です。どうぞよろしく。大森さん、よくこんなアイデアが浮かびましたね。笠井さんから話を聞いて、凄い！　と思いましたよ。僕もシューベルトは好きだから、任せてください。いいCDを作りますよ」

お二人の風貌は異なっていて、それがまた、ほど良いコンビにも思われた。

「横手さんにそう言っていただくと嬉しいです。何だか、ほんとうによいＣＤができるように思えて、ワクワクしてきます」

その日、「原詩の訳については、著作権の問題が生じるといけないから、大森さんが訳すことを薦めますよ」と、笠井さんと横手さんのお二人から強く指摘された。

「わかりました。ドイツ語はまだまだ未熟ですが、でも、何とか、努力してみます」

と、お二人に答えた。その瞬間、頑張って、自分が訳すしかないと決意した。

一方で、自分が訳すことも、楽しいような気持ちも湧いてきた。

自分で訳すのなら、自分の思い描くようにできるかもしれない。自分で自由に言葉を選べるのは嬉しい。とにかく、やってみよう！　と、段々、勇気が湧いてきた。

5

一九九八年四月頃から、ゲーテ・インスティトゥートでドイツ語を遅まきながら学び始めていた。

ドイツ語の修得に向かった切っ掛けは、一九九七年の春、ＮＨＫ教育テレビで放映されたシューベルト生誕二〇〇年記念番組だ。ドイツの有名なバリトン歌手ディートリヒ・フィッシャー＝ディースカウの歌唱指導を見て、『糸を紡ぐグレートヒェン』の素晴らしさに感激したことに始まる。

糸車の回るようなピアノの伴奏はグレートヒェンの出口のない哀しみを的確に表していた。その直後、塚本哲也氏の書かれた『わが青春のハプスブルク』（文藝春秋、一九九六年）を読み、グレートヒェンがゲーテの『ファウスト』の中の女性であることがわかった。

そこから、『ファウスト』や『詩と真実』を読み、ドイツ文学の持つ深さに惹かれ、それ以前は何も知らなかったゲーテの世界を知りたいと強く思うようになった。

さっそく、フェリス女子大学学長の小塩節先生の『ファウスト』の授業に出席して、ドイツの歴史やゲーテの生きた時代背景、グレートヒェンの魂の美しさ、シューベルトとゲーテの関係など、様々な新しい知識を得させていただいた。

小塩先生の授業を受けてから、私はゲーテの作品やシューベルトの作曲したドイツ・リートの歌詞を原語で読めたらとの思いに駆られた。

『わが青春のハプスブルク』

ドイツ語を教えてもらえるところを色々と当たった。結果、地下鉄銀座線の青山一丁目にあるゲーテ・インスティトゥートに通うことになった。

ゲーテ・インスティトゥートでは、語学の授業だけではなく、予期せず、三上カーリン先生のドイツ・リート研究会の講義にも出会えた。そこでは、ドイツの文化的、歴史的背景を踏まえたドイツ・リートの歌詞の味わい方を教えていただいた。

バッハが情景や情念を音で描いたトーン・シュプラーハ（音の言葉）がシューベルトの歌曲にも受け継がれている。

『シューベルトの歌曲をたどって』

シューベルトは原詩の詩趣を汲み取って、詩が表現する奥深い情念を音の言葉に移し変える。それを旋律の中にどのように織り込んでいるかを学んだ。それまでは、フィッシャー＝ディースカウの著作『シューベルトの歌曲をたどって』（原田茂生訳、白水社、一九九七年）を読んで、頭で理解していただけだった。三上先生はピアノを弾き、歌を聴かせて実際に分からせてくださった。それは何よりの収穫であった。

ＣＤ制作に当たり、著作権の問題から、私は急遽、リートの詩を訳し始めた。三上カーリン先生にお教えいただいた詩の解釈を生かしたい。直訳ではない、聞いて分かりやすい日本語をつけたいと思った。

翻訳の過程で、細かいニュアンスの疑問が生じた。幸いなことに、ゲーテ・インスティトゥートでドイツ語を教えていただいたM・フランケ先生に疑問点をお尋ねできた。

フランケ先生は、理解しやすいように、ご親切にも原詩を英語に訳してくださった。おかげで、英語の表現も参考にしながら、込み入った話は英語で質疑し、疑問点を解消させながら訳詩を進めることができた。

たとえば、『菩提樹』の最後の節の最初の二行、“Nun bin ich manche Stunde/Entfernt von Jenem Ort,”では、placeだけが離れているのか、それともtimeとplaceの両方ともなのか、とか、『春の夢』の第三節の一行目、“Ich träumte von Lieb' um Liebe,”の部分を訳す時、フランケ先生の英語訳では“requited love”とあった。

「“requited love”の真意はどういうことですか」と、フランケ先生にお尋ねすると、「“I love you and you love me”の意味である」などの、問答を交わす時間（とき）が持てた。

「先生の的確な解説を伺えて、原詩の深い意味を解きほぐせました」

「お役に立てて嬉しいです」と、先生も喜んでくださった。

「日本語として分かりやすい訳詩に少しでも近づけたい。私自身の願いに叶う言葉をいくつも探し当てられたように思います。このような訳詩の方法は、滅多にできない経験ではなかったかと、先生に感謝しています」

私は、前より、もっと旨く訳詩ができるように思えてきて、嬉しくなった。

6

ＣＤ制作の過程で、横手さんから、「僕が、思うのだけどね、解説の部分は大森さん自身が読むべきですよ。それがいいですよ」と、強くアドバイスを受けた。

「私が自分で読むのですか？　私では上手く読めないと思います。絶対だめです」

「このシューベルトのＣＤは、大森さんの想い入れが込められた作品なのだから、大森さん自身が語ることが、一番伝わりますよ」

と、横手さんが勧める。

笠井さんも「それがいいと思いますよ」と、横から後押しする。

「ほらほら、笠井さんもそう勧めているでしょ。大森さん、もう決まりだよ。絶対、逃げちゃだめだよ」

と、横手さんは、にこにこして私の右肩を叩いた。

最後は、自分自身の想い入れを込めて語ることにして、決断した。

「自信は全くありませんが、頑張ってみましょう」

「肝腎(かんじん)の訳詩の朗読者(ろうどくしゃ)についてだけど、やはり、プロの声優を頼んだほうが良いと思いますよ」と、笠井さんから忠言を受けた。

「私も、そう思います。詩の朗読が一番重要に思いますから」

さっそく翌日、笠井さんが「数十名の声優のサンプルのテープを用意しましたから、聴いてみてください」と、カセットテープを何個も貸してくださった。

「こんなにたくさん用意してくださって有難うございます。楽しみです」と、笑顔を見せた。

声優の声が吹き込まれたカセットテープを早く聞きたいと、ワクワクした。

その夜、男声八人、女声七人分のテープを聞いた。テレビのコマーシャルで聞き慣れた声もあった。どれもそれなりに綺麗な声である。

しかし、どれを聞いても、今ひとつ私には納得が得られなかった。どこか、軽っぽい印象である。

「どれも、シューベルトの歌曲の朗読には合わない気がします」と、笠井さんに告げると、笠井さんも「困ったね」と首を傾げた。

「朗読はどうしようか」と、みんなが会うたびに頭を寄せ合い、人選には苦労した。

芦田さんにも電話で相談してみる。

「訳詩の朗読者で難航（なんこう）しているのよ。誰か思いつく人、いるかしら？」

「そう言われると、なかなか浮かばないわ。劇団の人とかがいいのでは？」

「確かに、劇をする人なら声はよく出るわね。でも、誰がいいのか浮かばないわ」

「江守徹（えもりとおる）さんとかは、どうかしら？」

「上手に朗読をしてくださるかもしれないけれど、ちょっと、イメージが違うと思うの」

「確かに違うわよね。また思いついたらご連絡するけど、あまり期待しないでね」

「思いついたら、すぐ教えてね」

7

そうする中で、ビクターエンタテインメントのCD制作のメンバーで昼食を食堂で取っていた時に、「まだ、大森さんに今泉さんを紹介していませんでしたね。紹介します。録音担当の今泉徳人さんです」

と、笠井さんから今泉さんを紹介された。二〇代後半くらいで、寡黙(かもく)な真面目(まじめ)な印象である。

「それはそうと、訳詩の朗読者は、加藤剛さんや、檀ふみさんがいいのではないかと昨夜思ったのですが」と、私の発想を告げる。

「それはいい。加藤剛さんや檀ふみさんなら素晴らしいね。大森さんの希望する朗読をしていただけそうに思いますよ」

横手さんも録音担当の今泉さんも、「それは一番いいと思う」という意見になった。

「加藤剛さんや檀ふみさんにお願いできたら、イメージ的にもぴったりする気がします。でも、そんなに簡単にお願いできるのでしょうか」と、笠井さんに尋ねた。

「どうかわからないけど。でも、加藤剛さんはギャラが高いかもしれないね」と、笠井さんは、少し難しそうな顔をされた。

「朗読って、お礼をするとどのくらいの金額になるのでしょうね」

「まったくわからないけれど」と、笠井さんは首を傾げた。

その日の帰り際、ビクターエンタテインメントの正面玄関で、笠井さんから、「ビクターから依頼するより、大森さんが直接依頼されたほうが良いように思う」との提案があった。

「私からですか？　加藤剛さんや檀ふみさんへの朗読の依頼を私のような者がしても、旨くいくのでしょうか」

「結果はわからないけど、一度、大森さんから直接頼んでみたらどうでしょう」

笠井さんは、真面目な顔付きで、私からの依頼を勧める。

「荷が重すぎます。いったいどこの誰にお電話すればいいのでしょうか。何もわかりません」

素人の私に、果たしてどこまで、加藤剛さんや檀ふみさんに朗読のお願いができるのか。私から双方に直接電話を架ける件については、かなり不安で、度胸と勇気が要った。

「加藤剛さんについては俳優座に連絡すればいいのではないかな」と、笠井さんが俳優座の電話連絡先を教えてくださる。

「実は、私は加藤剛さんに昔、一度お会いしたことがあるのです。一九六八年の夏休みでしたか、高校で親しくしていた友人のお知り合いの方の仲介とかで、友人に誘われて、加藤剛さん

『人間の條件』より（Ⓒ KADOKAWA）

にお会いしました」

「なんだ、加藤剛さんに会ったことがあるのか」

笠井さんはびっくりしたような目をして、素っ頓狂な声を上げた。

「私はそれまで、加藤剛さんが演じる映画もテレビも劇も見たことがなかったから、身近な存在の俳優さんではありませんでした。それでも、加藤剛という俳優の名前は、あの年頃の少女たちの間で、すでに知られていたのですね」

「加藤剛さんは『人間の條件』で有名になったから、みんな知っていたと思いますよ」

「それでその時、国立劇場だったと思いますが、加藤剛さんの楽屋をお友達三人と訪ねました。確かに加藤剛さんのサインを頂いたのですけれど。今にして思えば、まだ、三十歳そこそこの若き日の加藤剛さんだったのですね」

「僕は、『砂の器』を見たけど、男が見ても、加藤剛さんは惚れ惚れするような美男子だね。若い頃だから素敵だったのでは？」

「でも、その時の加藤剛さんは『四谷怪談』に出演のための化粧を施されていたので、残念ながら、実際のお顔はよくわからなかったのです」

「四谷怪談はお化けだものね」と、笠井さんは苦笑いした。

8

ビクターからの帰路に考えた。

シューベルトの歌曲の詩の内容は味わい深いものがある。この詩には、品と重さと深さのある朗読が必要だ。声がいいとか、読み方が上手いだけではだめ。シューベルトの想う人生の喜びと悲しみを理解される人でないとだめ。

私自身のシューベルトに対する想いを表現してもらえる人は、加藤剛さんかもしれない、と思った。勇気を出して当たってみようと、覚悟を決めた。

考え抜いた末、加藤剛さんについては、翌朝、俳優座の社長の古賀伸雄さんにさっそく電話でお願いをする。

「突然のお願いで、誠に失礼をいたします」

「古賀ですが、どういうお話でしょうか」

古賀さんは、畏（かしこ）まった調子で電話口に出て来られ、応対された。

「シューベルト歌曲を音楽の演奏も添えながら、詩の意味を解説するＣＤブックを今ビクターエンタテインメントで制作しています」

「シューベルトですか。どんなCDをお考えなのですか」

「シューベルトの歌詞を読み、シューベルトの想いや人生を語りながら音楽を聴くという、丸ごとシューベルトともいうべきCDを考えています」

「面白そうですね。いわゆるCDブックですね」

古賀さんは、少し打ち解けた感じの声になった。

「そこで、シューベルト歌曲の歌詞の朗読を、ぜひ加藤剛さんにお願いしたいのです」と、古賀さんにお伝えする。

私は、このお願いを告げて、ひとまずほっとする。同時に、古賀さんがどう返答されるのか、その次の言葉を待った。

「加藤剛さんが原稿を見て判断するから、詳しく目的と構想を書いて、朗読する訳詩の原稿も添えて、FAXでいいから送ってください」

と、古賀さんが親切に回答してくださった。

「加藤剛さんがイメージ的にもぴったりと思っております。どうかよろしくご検討いただきたいと思います」

と、古賀さんにお願いをして、電話を切った。

9

そこで、二〇〇〇年の二月一四日の午後、俳優座の古賀さんに、『春の夢――心に響くシューベルト歌曲の天の調べに耳をすませて』のＣＤ制作の構想と目的を記したものと、そこに取り上げるシューベルト歌曲の歌詞の訳詩と解説を織り込んだ原稿を、左記のようにお送りした。

古賀伸雄様

突然、勝手なお願いごとを申し上げ、失礼いたします。

先ほどお話をさせていただきましたように、現在ビクターより、シューベルトのＣＤブック（人と人生を語り、詩を味わいながら音楽を聴く）を制作中でございます。簡単な主旨を以下に記させていただきます。

この中で詩の朗読部分を加藤剛さんにぜひぜひお願い申し上げたく思っております。何とぞ、よろしくご検討をいただければ、嬉しく存じます。

タイトル　（シューベルトを語る「心のひだと転調の妙」仮）

制作・販売　ビクターエンタテインメント株式会社

期日
希望は今から四月末くらいまでですが、加藤さんにお願い可能の場合は、加藤さんのご都合にお合わせ致します。
録音時間
朗読謝礼費用　そちらのご希望をお教えいただきたいと思います。
ゲーテ及びミュラーら、ドイツの詩人六詩分で、実質は一五分程度（途中訳ですがＦＡＸでお送りします）、録音時間は現在一〜二時間くらいとっております。
録音場所　青山ビクタースタジオ
内容　以下については、ＦＡＸでお送り致します。
①シューベルトの人と人生、音楽の紹介　六枚
昨秋、日本女子大学附属中学校で講演した内容を手直し致しました。この部分の語りは加藤剛さんにお願いするのではなく、こちらで致します
②その（前記）の語りの間に、ドイツ・リート八篇の訳詩朗読（加藤さんにお願いしたいものは、このうち六編で、丸印をつけてございます）
○「ます」　○「春の夢」　○「おやすみ」　○「音楽に寄せて」　○「菩提樹」　○「春に」
「糸を紡ぐグレートヒェン」（女声）　「夕映えに」（女声）
③歌曲八曲（ビクターに原盤のあるものは、ペーター・シュライヤー、テオ・アダム

等借用予定）のうち、二曲は、細江紀子さん、斎藤雅広さんの生録音を考えております。

目的

ドイツ語を知らない日本人の多くと、目の悪い人々、子供たちに、シューベルトがどんな人か、どんな思いで、曲をつけたのか、その人となり、人生、愛を考えながら、日本語でその詩のもとの意味を味わえるCDを作りたいと思います。

CDジャケットについている訳詩は、どうも固くて、目で追うのも疲れてしまい、今ひとつ心にぴたっと入ってきませんので。

詩の意味を考えながら、耳から詩を聴くCDの本を、音楽とともに味わえたらと、願ってのことです。

加藤剛さんに朗読をお願いしたい理由

ドイツ・リートの詩を訳し終えてみますと、その詩の内容が深く、味わい深いものと、改めて感動致しました。

また、愛着も湧き、この詩は品と重さと深さのある朗読が必要不可欠としみじみ思ってしまいました。イメージに一番近い方が、加藤剛さんと思っております。

長年のファンの一人として、このCDで、シューベルトの歌曲の朗読を実現させていただけたら、この上ない幸せと存じます。

どうかよろしくお願い申し上げます。

二〇〇〇年　二月一四日

大森　恵子

第二章　加藤剛さんとの出会いから朗読まで

1

古賀さんに加藤剛さんの朗読の依頼のＦＡＸをお送りしてから、二週間くらいして、古賀さんから直接お電話がある。

「加藤剛さんが詩を読むと返答しているから、俳優座に来てください」とのお話であった。

「加藤剛さんに朗読をお引き受けいただけるとは、光栄に存じます」と、まず最初に、古賀さんにお礼を述べた。

「三月八日の午後二時で、都合はどうですか？　俳優座の場所はわかりますね？」

電話から受ける古賀さんの声は柔らかな感じであった。

「俳優座は初めてですが、地図で調べてまいります」

「六本木の駅を降りたらすぐですよ」

「では大丈夫だと思います。分からないようでしたら、お電話させていただきます」

「当日は、私も一緒に話を聞きますから」

「お世話になります。でも私は、演劇にはずぶの素人で、これまでもあまり観劇の経験もないものですから。加藤剛さんにお目に掛かっても、まともにお話を交わせるのかとても心細いです。古賀さんにご一緒していただけて、心強いです」

2

二〇〇〇年の春浅い三月八日の午後二時、私は一人で六本木の俳優座に出向いた。営団地下鉄の日比谷線の六本木駅を降りたものの、六本木も初めてだったので、右往左往しながら、俳優座のビルを探した。

地図に沿って歩くと、駅からは意外と近く、グレーのビルで、それほど大きな建物ではなかった。一階は、俳優座劇場で、俳優座はその四階にあった。

いざ、俳優座劇場の前に立つと、急に不安になった。加藤剛さんには、昔、サインを貰ったことはあるものの、これといった面識もなかった。演劇の道にはズブの素人なので心細かった。

四階の部屋に通されて、最初、古賀さんが「こちらにどうぞ、お座りください。今日は寒いですね」と誘いながら、古賀さんも向かいの椅子に腰かけた。

「三月に入ってもお寒い日が続きますね。今日はお忙しいところ、お時間を割いてくださり、心から感謝しています」と、丁重に挨拶をした。

古賀さんが「加藤剛さんとは、大学時代からの友達でしてね」などと話された。

「そうですか。古賀さんは、加藤剛さんとは古くからのお友達でいらっしゃるのですね」

古賀さんが私に対応されていたところに、地味目の印象の男性がひとり部屋に入ってきた。男性は少し長髪で、グレーのタートルのセーターを着て、黒いズボンを穿いていた。背も高く、若々しく見えた。誰か、俳優座のスタッフのお兄さんだろうか、と一瞬思った。するると、「加藤剛です」と、男性が私の前で挨拶をされたのでびっくりした。ほんとうに加藤剛さん？　と目を疑うほどに、若い印象に映った。

大学生の頃、友人に誘われて、『忍ぶ川』と『砂の器』などの映画を見ていたから、加藤剛さんはそれなりの年齢の方と想像していた。

しかし、目の前にいる加藤剛さんは、歳月に微塵も毒されていない、青年のような純粋さを保たれたままの方に見えた。

俳優座劇場

私はもの凄く緊張していた。加藤剛さんも少し固く、ぎこちない様子だ。

加藤剛さんはしばらくして、「シューベルトの『音楽に寄せて』の楽曲はいいですね」と、古賀さんに笑みを浮かべながら、話された。

「『音楽に寄せて』は確かに、とてもいいですね」と、私は言葉を横から慌てて挟んだ。

「そういえば『音楽に寄せて』は、何かの劇に使っていたよね。何だったっけ。剛ちゃんは、覚えていないかな？」

と、古賀さんは加藤剛さんに合いの手を打たれた。

古賀さんが加藤剛さんを「剛ちゃん」と呼ばれているのが印象的だった。

最初は、お二人の会話を聞きながらも、加藤剛さんは、私のシューベルトの歌曲の訳詩の朗読をほんとうに引き受けてくださるのだろうか、と心配だった。そのことばかりが頭を巡っていた。

すると加藤剛さんは、事前にお送りしたＦＡＸの用紙をテーブルの上に出されて、「大森さんの訳詩の言葉の解釈について、幾つか質問があるのですが」と、遠慮がちに私に顔を向けられた。

「ここでみな即答できるかどうかわかりませんが、分かることはお答えさせていただきたいと思います。どうぞよろしくお願いいたします」

と、軽く頭を下げた。

「『春の夢』の、第三節の三行目の『その人は』は、『自然』と解釈していいのですか。ここで、あの窓ガラスに木の葉を描いたのは、風ですよね？　ですから、『自然』と理解すればいいですか？」

加藤剛さんは、丁寧に、優しい口調で話された。

「風も自然ですから、広い意味で、自然と解釈していただいていいと思います」

私は、まだ緊張している自分を感じた。

加藤剛さんは、ＦＡＸの用紙を見て、少し間を置いた。私は、いったい何をまだ訊かれるのだろうかとどきどきしていた。

数秒してから、穏やかに、また尋ねられた。

「もう一つは、『おやすみ』の、第一節の六行目の『彼女の母は』です。すぐ一行上に『あの人は』とありますが、六行目は『あの人は』ではなくて、『彼女の母は』と読んで良いのですか？」

「同じ人ですが、六行目は『彼女の母は』と読んでいただくほうが良いと思います。でも、持ち帰って検討させていただきたいと思います」

一瞬、「彼女の母は」でお願いします、と言ってしまいそうだった。そうだ！　もう一度、きちんと確認しよう。加藤剛さんには間違いのない回答をしないといけないと反省した。

加藤剛さんは、少し申し訳なさそうな顔で言葉を続けた。

「もう一つあります。『おやすみ』の、第三節の三行目の『主人の家の前で吠えているのら犬ども』とありますが、この犬は主人の家に飼われている犬ではなく、〝のら犬〟でいいのでしょうか」

「ここでいう『主人』とは、『主人』ではなくて、『領主』の意味です。私の訳を『領主』に訂正していただけたらと思います」

「主人の家の前ではなくて、領主の家の前ですね」

「犬については、主人の家の前にいる犬ではなく、領主の家の前にいる犬であれば、飼い犬ではなくて、〝のら犬〟でいいと思いますが、これも検討して、後日、回答させていただきたいと思います」

「ありがとうございます。お伺いしたい点は以上です」

と、加藤剛さんは軽い笑みを浮かべた。

私は、やれやれというか、ほっとした。

同時に、これらの質問で、加藤剛さんに事前に送った原稿をすでに、全て読まれていたことが、私の中で明らかになった。有難い気持ちで、心がほのぼのとしてきた。

私は少しほぐれた気分になってきて、昔の思い出話を語る気持ちになった。

「一九六八年の夏でしたか、まだ高校生の頃、加藤剛さんとお話をした思い出がございます。加藤剛さんが『四谷怪談』にお出になっていらした折、友人を介して、楽屋に伺いました」

加藤剛さんは、その時の事情は覚えておられない様子で、怪訝そうな顔つきをされた。

「『四谷怪談』ですか。あれはまずい芝居でしたね」と、古賀さんに向けて苦笑いをされた。

その頃には、加藤剛さんも、多少打ち解けた雰囲気で話をされていた。

小一時間くらいして、加藤剛さんが、「録音はできれば四月の始め頃が都合がいいのですが。その頃であれば余裕ができますね」と、古賀さんに相槌を求められた。

「そうねぇ、その頃ならいいかな」

と、古賀さんはにここにこされた。

古賀さんの表情を見て、四月の始め頃には、加藤剛さんに朗読の録音をしていただけるのだと理解した。明るい気持ちになった。

最後に、加藤剛さんは、「録音の日時が決まったら、場所と時間を教えてください」と、再び私に顔を向けられた。

その時になってやっと、『春の夢』のＣＤで扱う歌曲の歌詞を、間違いなく、加藤剛さんに朗読していただけることを確信した。安堵の気持ちが湧いてきた。

「加藤剛さんが、貴重なお時間を割いて、私の訳詩と解説を丁寧にお読みくださっていたご好意に、心から感謝いたします」と、私は、二人に、頭を下げて、席を立った。

帰り際には、エレベーターのところまで、古賀さんと加藤剛さんが一緒に見送ってくださった。エレベーターのドアが完全に閉まるまで、お二人が丁寧に頭を下げていらしたので、非常に恐縮した。

3

さて、その数日後、加藤剛さんから出た質問に対し、さっそく、私は古賀さん経由のＦＡＸで、次のように回答した。

加藤　剛様

先日は、お目にかかれ、嬉しく存じました。

また、私の拙い訳を深くお読みいただき、単に上辺だけの言葉としてではなく、その裏の背景までをお考えいただいて、朗読していただけるご誠意に感激致しました。厚く御礼を申し上げます。

さて、ご質問の幾つかについて、お返事をさせていただきます。その上で、まだおかしくお思いの点や、直したいとお思いの点がございましたら、ご遠慮なくおっしゃってくださいますよう……。

「春の夢」の第三節三行目について

【その人は】

その人とは、直接には、木の葉を窓ガラスに描いた風を指すのでしょう。でも一般的には、自然と解釈していただいていいのです。お読みいただく時は、擬人化して「その人は」のままで、お願い致します。

「おやすみ」の第一節六行目について

【彼女の母は】

一行上に「あの人は」とありますが、ここはそのまま「彼女の母は」で、お読みいただけたらと思います。

「おやすみ」の第三節三行目について

【主人の家の前で吠えているのら犬】

ドイツ語でも英語でも、ここの犬はのら犬（迷い犬）の意味ですので、主人の犬ではなく、「のら犬」です。主人というのはこの町の領主が一番ふさわしいようです。ここは「主人の家の前で」ではなく、「領主の館の前で」に、変更していただければと思います。

尚、録音日は四月六日木曜日午後三時とさせていただきました。どうぞよろしくお願い致します。

三月一四日　　　　　　　　　　　大森　恵子

4

いよいよ、二〇〇〇年の四月六日、表参道にあるビクターの録音室で、『春の夢——心に響くシューベルト歌曲の天の調べに耳をすませて』の加藤剛さんの朗読の録音が実施された。

古賀さんと日取りと時間を確認した時の、古賀さんの事前のお電話では、「加藤剛さんは、実際の本番に臨むまでに、自分が納得のいくまで、何度も何度も繰り返して、入念に練習をする人だからね」とおっしゃられた。

「加藤剛さんは、お仕事に対して、とても真摯な方なのですね」

と、その時の私は古賀さんに相槌を打ったが、実際の様子まではまだわかっていなかった。

確かに、加藤剛さんは、当日は、とことん朗読の練習をされてこられたご様子だった。にも拘らず、本番の録音が終わっても、加藤剛さんは「申し訳ありませんが、もう一度お願いできますか」と、ビクターの担当者に何度か遠慮がちに頼んでいた。

その姿を見て、加藤剛さんは、古賀さんが仰るように、真面目で誠実な方だと、知る。

録音室で、朗読の録音後にビクターのディレクターの横手さんが「せっかくだから、大森さん、加藤剛さんとの写真を一枚どうですか」と、誘われた。

私がちょっと遠慮して「加藤剛さんに、申し訳ないのではないですか」と、躊躇すると、

「さあ、どうぞ」と、加藤剛さんがにこやかに隣にスペースを空けてくださった。加藤剛さん

との貴重なツーショットである。

5

檀ふみさんについても、「シューベルトの歌曲の歌詞の朗読をお願いしたいのです。檀さんには、二曲の歌詞を詠んでいただきたいと考えています。『糸を紡ぐグレートヒェン』と『夕映えに』です」と、事務所の山田さん（仮名）にお話をした。

「それでは、二曲の歌詞の訳詩の原稿を送っていただけますか」と山田さんに頼まれ、お送りする。

こちらもご親切で、数日後に、「檀ふみさんは承知しましたとのお返事でした」と、山田さんからのお知らせを受ける。

加藤剛さんとの貴重なツーショット

檀ふみさんとは、朗読の録音当日に、スタジオで初めてお会いした。

「檀ふみです。よろしくお願いいします」と、軽く会釈をされた。テレビでは中性的な印象を抱いていたが、やはり女優さん、凡人とは違うオーラに圧倒された。

お洋服は焦げ茶色の無地のスーツと、地味目な装いであるにも拘らず、華やかな雰囲気を醸し出されている。見とれてしまった。

私は慌てて、「よろしくお願いします」と頭を下げた。

檀ふみさんは、無駄話はなく、さっと録音室に向かう。

『糸を紡ぐグレートヒェン』の「わたしの安らぎは去り、わたしの心は重い」の朗読が始まると、少し前の、楚々とした印象とはがらっと変わる。

檀ふみさんは、詩の世界の主人公、グレートヒェンになりきって絶唱される。その変化に、また圧倒された。

二曲の歌詞を詠まれると、檀ふみさんは、何事もなかったように、前と同じ楚々とした印象で、すっと部屋から出てこられた。

「とても素敵なグレートヒェンでした」

と、私がお礼を告げると、優しい笑みを返された。

「檀さんとも、せっかくだから、大森さん、写真を撮らせてもらったら？　檀さん、一枚、いいですか？」

と、横手さんがカメラを手にして、声を掛ける。

「では、よろしくお願いします」

と、檀ふみさんは、満面に笑みを湛えて、快諾してくださった。

写真を撮り終えると、檀ふみさんは、笠井さんと横手さんに、「今日はこれで失礼させていただきます。また、何かございましたらお知らせ願います」と、挨拶されて、疾風（はやて）のようにお姿が消えた。

シューベルト歌曲の演唱については、「やはり、本場のリート歌手が良いと思う」と笠井さんからアドバイスをいただいた。

檀ふみさんと

「その中でも、フィッシャー＝ディースカウとクリスタ・ルードヴィヒが欠かせないと思う」との話だった。

「フィッシャー＝ディースカウは、絶対ないとだめですね。私もそうしたいと思っていました」

そこで、ドイツ・グラモフォンの版権を握っているユニバーサル・ミュージックに直接、電話をして頼んだ。

「今、シューベルトの歌曲の解説つきのCDを制作しています。ドイツグラモフォンのシューベルトのCDの中で、フィッシャー＝ディースカウの歌っている『春の夢』と『春に』、それからクリスタ・ルードヴィヒの『糸を紡ぐグレートヒェン』

の音源を借用したいのですが、お願いできましょうか」

ユニバーサル・ミュージックでも、「原稿を見て判断しますから、送ってください」と頼まれた。

さっそく、翌日、ユニバーサル・ミュージックに原稿をお送りする。ユニバーサル・ミュージックから許可を貰えないと、フィッシャー＝ディースカウとクリスタ・ルードヴィヒの音源は使えない。

どうか、許可をいただけますようにと、私は数日祈っていた。

三日後、ユニバーサル・ミュージックの担当の方から電話をいただく。

他の方々と同様、「原稿を読ませていただき、社内で話をしました。大森さんの企画に賛同しました」との回答を得られた。

その結果、本国のドイツ・グラモフォンの承認を取り付けてくださり、音源の使用が可能になった。

『夕映えに』の音源が見つからず、生で歌っていただける方を日本人の中で探していた。

三〇年来の友人の清水泰さんから、「主人の高校時代の親友の奥様が、芸大を出て、二期会に所属されているオペラ歌手なの。細江紀子さんという方で、先日、細江さんのコンサートに行ったのだけどすばらしかったわ」とのお話を電話で受ける。

さっそく細江紀子さんにお電話をすると、「わかりました。録音日が決まったら教えてください」と、その場でお返事をいただけた。

「清水さんから、細江さんのお歌は素晴らしいと伺っておりますので、楽しみにしております。録音日が決まり次第、ご連絡させていただきます」

ピアニスト　斎藤雅広さん

ピアノの演奏『四つの即興曲　第三番』については、細江紀子さんから、「清水さんから、ピアニストを探していらっしゃるとのお話を伺いました。知己のピアニストで、素晴らしい方がいます。斎藤雅広さんをご紹介いたします。今、NHK教育テレビの『お父さんのためのピアノ教室』の講師として、人気のある方ですよ」とのお電話をいただいた。

「斎藤雅広さんは、当代一のピアニストですものね。そのような方をご紹介いただけて、とても嬉しいです」

と、細江さんにお礼をした。

さっそく斎藤さんに、電話をする。

「細江紀子さんからご紹介いただいた、大森です。CDに収録するシューベルトのピアノ演奏ですが、斎藤さんにお願いできると細江さんからお伺いいたしました。斎藤さんは多忙な方でいらっしゃるのに申し訳ありません。でも、大変嬉しく思っております」と、お願いのお電話で、挨拶をする。

「今、新幹線の中で電話を受けています。音が煩くて、ちゃんとはお話しできずにすみません。トンネルを抜けたら、こちらから電話を架け直しますよ。でも、シューベルトは必ず弾きますから」

と、斎藤さんは、軽いタッチの語り口で、快くお引き受けくださった。

トンネルを抜けてから、斎藤さんには、お電話をいただき、「CDの出だしの音楽には、ピアノ五重奏『鱒』の第四楽章第五バリエーションが絶対いいと思う。僕が演奏しているCDがありますから、大森さんに送りますよ。住所を教えてください」と、斬新なアイデアも含めたアドバイスをいただいた。

「やはり、斎藤さんは凄い方ですね。『鱒』は歌曲だけかと思っていましたら、ピアノ五重奏もあるのですね。今、お話を伺って初めて知りました。とても楽しみです」

それから間もなく、斎藤さんからピアノ五重奏『鱒』のCDが送られた。

さっそく聴いてみると、たいそう素敵だ。私は、聴き入った。斎藤さんのおかげで、導入部にぴったりの旋律を持ってくることができた。

転調のメロディーもダイナミックで、斎藤さんのピアノも素晴らしい。嬉しくて、何度も聴き直した。

斎藤さんのピアノ演奏の録音は、細江紀子さんの録音と同じ日に行われた。細江さんの『夕映えに』の伴奏も、斎藤さんが勤められるからだ。

お二人は、これまでもご一緒に演奏会を持たれていらっしゃるだけあって、息がぴったり。録音室でも、お二人は冗談交じりの会話をされていた。

斎藤さんはとてもオープンマインドの面白い方で、「こんにちは。大森さん」と、知己のように、斎藤さんのほうからニコニコと話しかけてくださる。この日が初対面でありながら、すぐに親しみを抱いた。

しかし、演奏が始まると、流麗な指さばきはさすが、第一級のピアニストである。斎藤さんが奏でる即興曲に、私はうっとりと聞き惚れた。

6

「『未完成交響曲』をバック・ミュージックに使いたいと思っているのですが」と、横手さんにお話をすると、「通常、交響楽団はこのような使われ方を良しとしないのですよ」と、横手さんが心配された。

「そうなのですか。BGMとして使ってはいけないとは、今まで気が付きませんでした。交響楽団からしたらそうかもしれませんね。自分たちの心を込めた演奏を途中でちょん切るわけですから、身体の一部を捥ぎ取られるような痛みかもしれません。わかるような気がします」

「残念だけど、大森さん、『未完成』をBGMとして挿入するのは、今回は諦めるしかないかもしれませんよ」

横手さんは、ちょっと顔を顰めて、残念そうに話された。

横手さんのお顔の表情を見て、私も、『未完成』をBGMとして使用するのは無理かなと、不安になった。

「でも、シューベルトは歌曲だけでなく、『未完成』のような交響曲にも、転調を巧みに使い分けています。シューベルトの心の襞を表す転調の妙が交響曲にも織り込まれている良き例として、できたら、『未完成』を挿入したいのです」

「どこか、その辺りに寛容な交響楽団があるといいのだけど」

『未完成交響曲』の冒頭は、暗い変ロ短調から始まり、シューベルトが生涯に亘って味わい続けた生きる苦しみがよく出ています。しかし、シューベルトは、どんな淋しく悲しい孤独な短調の曲にも、長調に転ずることを決して忘れません。『未完成』も、暗い短調の出だしから、やがて、明るく喜びに満ちたメロディーに移ります」

「確かに、『未完成交響曲』はそうだね」

「シューベルトは、どんな運命の与える哀しみ、孤独にも、決して感情的に崩れてしまわず、じっと耐え、素直に澄んだ心で受け止めていこうとする意思があるからです。そのシューベルトの心を転調で表している音楽が、歌曲だけではなく、交響曲にも使われていることを、実際に、『未完成』のほんの少しの部分からでも、聴く人にわかっていただけたらと願っていますが」

7

翌日、日本フィルハーモニー交響楽団に、「シューベルトのCDブックの制作を考えていますが、貴楽団の演奏されているCDの『未完成』の音源から、最初の部分だけをBGMとして使わせていただけませんか」と伺うと、「原稿を見て吟味(ぎんみ)した上で、お答えします」との回答だった。

原稿を日本フィルハーモニー交響楽団にお送りする。お返事をいただくまでの数日間、私は、許可をいただけなかったらどうしよう、とハラハラした。

五日後、日本フィルハーモニーの団員のお一人からお電話があった。

「大森さんのご主旨は、原稿を読ませていただきよくわかりました。こちらで話し合った結果、今回は、使っていただいて結構です」

と、破格(はかく)の条件でご快諾くださった。

「ご無理なお願いをいたしましたが、ご快諾いただけて嬉しいです。『未完成』を使わせていただくのはむずかしのではと思っていたので不安でした。おかげでほっといたしました」

希望事項の一つ一つが良い方向に向かって進み、嬉しさと安堵に満たされた。


CDジャケットやCDレーベルのエッチングの絵や挿絵カットを考えていると、三上カーリン先生から、「東京ドイツリート研究所所長の川村英司先生が持っておられる楽譜にすばらしい絵が載っています。川村先生を紹介しますから、詳しくお聞きになってくださいね」と、元武蔵野音楽大学教授の川村英司先生をご紹介いただいた。

「川村先生に、直接お電話をさせていただいていいのですか」

「川村先生には、今日、私からお電話してお願いしておきます。大森さんの都合の良い時に川村先生に連絡をしてください」

「三上先生には、CDのジャケットの絵まで、大変お世話になってしまいました。さっそく、今夜にでも川村先生にお電話をさせていただきます」

私は、ちょっと恥ずかしかったが、勇気を出して川村先生にお電話を架ける。

「三上カーリン先生からご紹介に与(あずか)った大森です。先生が素敵な絵の載っているシューベルトの楽譜をお持ちでいらっしゃると伺いました。その中の絵をCDジャケットの表紙に使わせていただきたいのです。楽譜を拝借させていただきたく、お電話いたしました」

「家で、毎週火曜夜、リート研究会を開いています。ちょうどいい。大森さんも、明日、リート研究会に来られませんか」

「突然ですが、伺わせていただきます」

8

翌日さっそく、吉祥寺からバスに乗って、川村先生の杉並のお宅にお伺いした。

「この絵は、百年前のシューベルト歌曲の楽譜集に掲載されている絵ですよ」と、先生は嬉しそうなお顔で、楽譜集ごと貸してくださった。その楽譜集には、幾つもの、素晴らしい絵が挿入されていた。

「とても素敵な絵ですね。この絵の若者は、ドイツの森を越えて旅をする若者で、歌曲集『冬の旅』の主人公にぴったりの絵に思えます」

ゲーテは『ヴィルヘルム・マイスター』で、ドイツの職人制度のマイスター（英語ではマスターの意）を、人間存在全般に広めて考察した。

手に職をつけたいと思う者は、まず熟練した親方の仕事場に徒弟として入る。一定の就業期間を終えると諸国を遍歴して、最後にマイスターの資格を取り、やっと職人として登録される。だが、こんな流離い(さすらい)の旅を続けていても、みんながマイスターになれるとは限らない。一つの町に何日以上は滞在してはならないとか、厳しい掟がある。掟の下に遍歴を重ねているうちに、色々なことが起きて、どうしても途中でマイスターへの道を諦めざるを得ない人もいた。ジャケットの表紙に使った絵の若者も、マイスターの道を求めて彷徨う旅人である。

CD『春の夢　心に響くシューベルト歌曲の天の調べに耳をすませて』

CDレーベル　　　　ジャケット表紙

笠井さんに楽譜集をお渡ししていたら、ジャケットを作る会社では、ジャケットの表紙の絵だけではなく、CDレーベルにも、楽譜の中の素敵な絵を適切に選んで、使ってくださった。美しい竪琴がより一層レーベルを引き立てている。

このようにして、二〇〇〇年九月に、『春の夢——心に響くシューベルト歌曲の天の調べに耳をすませて』のCDブックが刊行された。

9

九月三〇日、銀座の清月堂で、友人たちによって出版記念会が企画された。総勢一〇〇人くらいの集まりであった。

会場に向かうと、入口には、檀ふみさんからの素晴らしい

檀ふみさんからの素晴らしいお祝いのお花

お祝いのお花が届けられていた。

その日は、私の幼稚園から大学院までの女子大附属の仲間、附属高校の講師仲間の先生、息子の開成高校、娘の女子大附属の小学校、中学校の父兄仲間の他、次の方々が列席してくださった。

日本女子大学英文学科で英詩がご専門の新井明教授

その年の夏に、主人の叔母の古島琴子が東京都日中友好協会の副会長をしていたことから、古島の誘いで、ご一緒に中国の敦煌まで旅した貫洞哲夫元東京都副知事、婦人の友社前社長の三宅進さん

ビクターエンタテインメントの笠井正則さん

亡き母の追悼録『Honeysuckle の追憶』の校正を買って出てくださった、知己の岩波書店のジュニア編集長の森光実（もりみつみのる）さん

夫婦同士で長年の友人である、日本経営システム勤務の清水久大さん・泰さんご夫妻

久大さんの父君で貫洞さんとお仕事仲間だった清水良男さん

大蔵省関税局（当時）の藤本進さん

亡き母がお世話になった元東京大学医学部附属病院長・黒川高秀先生の奥様の黒川義子さん
息子と娘を取り上げていただいた、東京大学医学部附属病院産婦人科教授の川名尚先生の奥様の川名七重さん
息子が在学中お世話になった開成高校の福地峯生先生
私の従姉で、外務省沖縄サミット大使（当時）野村一成の妻の野村紀子
……など。それぞれが素晴らしいスピーチをしてくださった。

古賀さんが、事前に、「お祝い会に加藤剛さんは行くと言っているから、行かせますよ」と、連絡してきてくださった。

「まさか、加藤剛さんがいらしてくださるとは思ってもおりませんでした。夢みたいです」

当日、その席に、加藤剛さんは駆けつけてくださった。

お祝い会に出席していた人々は、まさか、加藤剛さんがお祝い会の席に来てくださるとは思いも寄らなかったから、みな驚いていた。

「よく来てくださったわね」と皆さんが、口を揃えて呟き、たいそう喜ばれた。

加藤剛さんは、出席していた人たちにも気さくに握手に応じ、快く接してくださった。しかし、物静かな落ち着いた雰囲気の方で、ご自身の存在感を周りに撒かれるようなそぶりは微塵もなかった。

司会者が、この祝宴会場に加藤剛さんがいらしていると告げなかったら、誰も気が付かないままに終わったかもしれないくらい、終始、控えめなお姿だった。

この日の加藤剛さんのご挨拶の中に、「大森さんとは長いおつき合いではありませんが、シューベルトさんのおかげでＣＤの制作にかかわれ、大森さんを存じあげることができ、このような素敵な会にお招きいただけました。シューベルトさんに感謝しています」とのお言葉が

出版記念会のひとこま

あった。
そう、加藤剛さんと私の出会いは、シューベルトさんのおかげだった。

第三章　ＣＤ『春の夢——心に響くシューベルト歌曲の天の調べに耳をすませて』制作の原点と加藤剛さんの訳詩朗読を聴いて

1

芦田さんが、久しぶりに「ランチでもご一緒しませんか？」と、連絡をしてきた。翌日、銀座のレストランで食事をする約束をする。

その日、私は、約束の時間より三〇分早く家を出て、銀座七丁目のヤマハに寄った。『春の夢』のCDが、ちょうど目の高さの棚に並んでいるのを確認した。

CDを手にとって、裏返してみたりして、何だかほっとした気持ちになる。ジャケットの表紙に使った、川村先生からお借りした楽譜集の絵は、このCDに相応（ふさわ）しい。一人で北叟笑（ほくそえ）んだ。

「恵子さん、久しぶりだったわね。CDは売れていそう？」

芦田さんは、濃い緑色の派手なコートを着ているが、よく似合っている。こんな派手なコートを着こなせるのは芦田さんくらいしかいないと感心した。

「おかげで、銀座のヤマハで今、売られているみたい。今、芦田さんにお会いする前にヤマハに寄ったら、ちゃんと並んでいたわ」

「それはよかったわね」

芦田さんも、安心したように微笑んだ。

レストランに入ると、芦田さんと私は向かい合わせに座った。

「ところで、惠子さんはどうしてそんなにシューベルトがお好きになられたの？」

芦田さんは、ほどよくカールしている黒いセミロングの髪を、右手で掻き分けた。

芦田さんの目は、興味津々である。

「この世のすべての芸術とは、魂の美と形の美が一致している相を私たちが想像できるところに深い感動があると思うの」

芦田さんは、神妙な顔つきで、私の話を黙って聞いている。

「真の芸術とは、そうかもしれないわね。実際に、そういう優れた芸術に出会う機会は、なかなか難しいけれど」

芦田さんは、相槌を打った。

「時の経過は瞬間の堆積で、不可逆性のものでしょ。でも、その堆積が内部から時の流れに抵抗する重みを帯びる。やがて発酵し、さらに時を超えて結晶する」

「時間は決してもとに戻らないけれど、内部から時の流れに抵抗する重みって？　どういう意味かしら？」

「時の流れや動きを越えた沈黙のフォルムに対して、私たちが、哀しみに満ちた共感と憧憬、畏敬の念を抱く。その時が、芸術の真の美に触れることができた！　と思える瞬間なのだと思うのよ」

「恵子さんの仰るとおりね。音楽や絵に感動する時は、分析すれば、そうかもしれないわ」

芦田さんは、納得の表情になった。

「私にとって、一七歳の春に上野の文化会館で初めて聴いたハンス・ホッターの歌う『冬の旅』の中の『春の夢』こそ、まさに、そんな感動を与えてくれた音楽だったの」

「でも、ドイツ語で歌われていたのでしょ？　歌の意味は分かったの？」

芦田さんの大きな目が、さらに大きく見開いた。

ドイツ語が解らなかったから、あの時は、歌の意味などまったく分からなかった。でも私の心に確かに響く音楽があった、と思った。

「『春の夢』を聴いた時は、ドイツ語は勿論のこと、歌曲の構成の妙など何ひとつ分からなかったけれど、『春の夢』の曲は限りなく澄んで、美しかったの」

「歌詞の意味は分からなくても感動するとは、音楽がそれほどにすばらしかったのね」

芦田さんは笑みを浮かべ、また、右手で前髪を掻き分けた。

「曲の美しさは明確に言葉として捉えられてはいなかったけれど、シューベルトの深い孤独の哀しみと、哀しみを越えたどこまでも澄んだ憧れを直感的に感じたからだと思うわ」

「シューベルトの音楽には、恵子さんが直感的に感じ取れる美しさがあるのね」

芦田さんは、感心した顔で私の目を見た。

「初めてシューベルトの音楽に感動した日から三〇年、シューベルトをひたすら聴き続けてきたのよ。私は、なぜ、これほどシューベルトの音楽に惹かれるのか、と自分自身に問い続けながら」

「三〇年、ずっとシューベルト？」

「勿論、ショパンやラフマニノフも聴くわよ。ピアノ曲としたら、ショパンやラフマニノフのほうが、技巧的には優雅で綺麗で優れていると思うわ。シューベルトのほうが、ずっと素朴(そぼく)な感じではあるのだけれど」

「ラフマニノフのピアノ協奏曲、私は大好きよ。ショパンとシューベルトの違いは、あまり私には分からないわ」

芦田さんは、大きな目を細めて、恥ずかしそうな顔をした。

「私も小さい頃は、シューベルトとショパンとシューマンの区別もつかなかったわ。でも実は、それぞれの音楽はかなり違うのよ」

芦田さんは、すぐに、興味がある顔付きに変わり、私の顔を覗き込んだ。

「シューベルトの特徴とは、どういうところなの？」

「その後、色々な書物から、シューベルトの心の襞(ひだ)を反映させた転調の妙を理解するようになっていったの」

「どんな本をお読みになったの？」

「一つは、八五年に『音楽の友』に掲載されていたシューベルトの『冬の旅』の『春の夢』に対する評論から大きな影響を受けたのが原因。その評論を読んで、シューベルトの音楽は哲学であり宗教であるのだと思ったわ」

「シューベルトの音楽が、哲学や宗教だと思われた理由は？」

芦田さんは、不思議そうに尋ねた。

『冬の旅』全曲の短調の暗いトーンの中で、一一曲目に、こんなに軽やかな、こんなに澄んだ『春の夢』を折り込んだシューベルトは、人生における孤独と無常の慟哭（どうこく）に深く耳を澄ました人なのだろうと思ったの」

「シューベルトって、色々と考えて曲を作っていたのね。今度、私も、『冬の旅』を聴いてみましょ」

芦田さんは、にっこり笑って、嬉しそうだった。

「その後、九五、九六年にかけて、ピアニストの内田光子さんが、度々、新聞で、シューベルトについて語られていたの。内田光子さんのシューベルト観にも深く共鳴したわ」

「内田光子さんは、凄いピアニストよね。内田光子さんもシューベルトがお好きだったのね」

「それまで漠然と感覚的にあったシューベルト音楽の真髄が初めて言葉となって表現されていたのね。内田光子さんには、深い共感を覚えたわ。その辺から、私も、次第にシューベルトの音楽に惹かれるわけを具体的な言葉で語れるようになってきたように思うの」

「言葉で語るようになってきたとは、どんな風に？」

芦田さんの声は、興味深そうだった。

「今、語れるのは、シューベルトの心の揺れと私の心の揺れが、とても近いこと。シューベルトの音楽の中に聞こえる現在と過去、絶望と希望、夢と現実、失ったものへの哀惜と遥かなものへの憧れ、哀しみと喜びといった二極の間での心の揺れね」

「二極の相ね。考えてみると、私たちが生きている世界とは、シューベルトが認識するとおりかもしれない」

「それに、シューベルトの音楽には凡人が辿り着けないような澄んだ諦観が感じられて、自分もそこにいつかは近づきたいと思うこと。この二点から私はシューベルトに惹かれるのだ、と」

「シューベルトの心情がそこまで分かるなんて、恵子さん、凄いわ」

芦田さんは目を大きく見開き、感心するように笑みを浮かべた。

「それから、一九九七年の春は、私に新たなるシューベルトとの出会いを齎してくれた年であったのよ」

「いったい、何があったの？」

「ＮＨＫ教育テレビで放映されたシューベルト生誕二〇〇年記念番組で、フィッシャー＝ディースカウの歌唱指導を見ていて、『糸を紡ぐグレートヒェン』の素晴らしさに感激したわ」

「『糸を紡ぐグレートヒェン』て、ゲーテの『ファウスト』の中に出て来るヒロインのグレートヒェンね」

芦田さんは、前からグレートヒェンをさも知っていたかのように、さらっと口走った。

「そう、『ファウスト』のグレートヒェン。でも、残念ながら、テレビ放映の時は、まだグレートヒェンが誰だか、全然、知らなかったのだけど」

「恵子さんは、ゲーテの『ファウスト』をまだ読んでいらっしゃらなかったのね。ゲーテが八一歳で書いた遺作。ゲーテの人生の総括のような本よ」

「読んでなかったわ。でも、糸車の回るようなピアノの伴奏は、グレートヒェンの出口のない哀しみを適確に表していた。そのピアノの音は、かつて私の中で長いこと藻掻き喘いだ哀しみをも同時に描き出しているように思えたの」

「ディースカウは、歌手だから歌の指導でしょ？」

芦田さんは、怪訝そうに聞いた。

「それがね、その時のディースカウはピアノの伴奏にまで、紡ぎ車の回転が運命や人の心の動きを表現するものとして、深い精神的理解に根差した厳しい指導をしたの。ディースカウがピアノの伴奏者にまで、きめ細かな指導をしたのには感銘したわ」

「シューベルトはゲーテの詩に幾つも曲をつけているわね。シラーやハイネもでしょ。私、ハイネの詩って、大好きよ」

芦田さんは、急に元気になって声を高めた。

「シューベルトは、ゲーテやシラー、ハイネなどの文豪の言葉の芸術作品である詩の世界を音楽に移し替えているのよね。詩人が表現している感情を深く追体験する。さらに、詩人の感情を再現するかのような音の言葉で、音の芸術を創り出しているわ」

喜多尾道冬『シューベルト』

「ハイネの詩に曲をつけた歌曲集があるでしょ？　何でしたっけ」

「『白鳥の歌』ね。あれも素敵。ハイネの曲もそうだけど、ミュラーの『美しき水車小屋の娘』にも、シューベルトの自然や死に対する想いが影になって、投影されている感じ」

「シューベルトと死なんて、想像したこともなかったわ」

芦田さんは、また右手で髪を掻き分けた。芦田さんは、普段、そのような疑義を考えたこともない、というように不思議そうだった。

「ラッキーなことに、九七年の七月に、朝日新聞社主催のシューベルトのシンポジウムに出席する機会を持ったの。そこで、シューベルトの音楽に内在する死や自然の意味を深く掘り下げて学ぶ機会を得たわ」

「そんなシンポジウムがあるなんて、よく分かったわね」

「新聞に出ていたのよ。同じ頃、喜多尾道冬著の『シューベルト』（朝日選書、一九九七年）

を読んで、『愛を歌うと悲しみになり、悲しみを歌うと愛になる』というシューベルトの言葉に、この世界に対するシューベルトの認識を見出すことができたのも大きかったわ。それが、シューベルトの音楽の一つの特徴である絶妙な転調の形をとって表現されているのだと解ったのだから」

「シューベルトの曲は、そんなに転調しているの？」

芦田さんは、転調について知りたそうだった。

「シューベルトは摩訶不思議と言われているほど、転調が巧みな作曲家よ。詩の意味の解釈に添うために、また、人間の感情や心の状態を忠実に表すために、この転調を巧みに使うことによって、詩をより深く音楽に表しているの」

「転調ねぇ。今度じっくりシューベルトの曲を聴いてみたくなったわ」

芦田さんは、転調に関心を持ったかのように、満面に笑みを湛えていた。

「シューベルトの転調の巧みさは、『菩提樹』や『鱒』にもよく表されているわよ。私がドイツ語が解らず、詩の意味が何も分からなくても、『春の夢』の音楽を聴いただけで感動したのは、シューベルトが音の言葉で、詩を創っているからなの」

2

このＣＤに挿入した歌曲の中で、私の一番思い入れが強かった歌曲は、ＣＤのタイトルにも引用したように『冬の旅』の中の『春の夢』であった。

私の最も想い入れの深い歌である『春の夢』を、加藤剛さんがいかに朗読してくださるのか、期待は高まった。

加藤剛さんなら、作品の意図を深く掘り下げて、理解し、適確に表現してくださると思った。

春の夢　　　**原詩　ヴィルヘルム・ミュラー**

私は夢に見た、まるで五月の野に
咲き匂っているような色とりどりの花々を
私は夢に見た、緑の野原を、
そして楽しそうにさえずっている小鳥たちの姿を。

やがて雄鶏の鳴く声に
私はハッと眼が覚めた。

あたりは冷たく、闇につつまれて、
屋根の上ではからすが耳障りに鳴いていた。

だが、あの窓ガラスに木の葉を描いたのは
一体誰なのだろう、
その人は、夢見る者を笑っていることだろう、
こんな真冬に春の花々を夢見たなんていう者を。

私は夢にみた。私があなたを愛し、
あなたも私を愛してくれることを、
そして美しいあの人を、また、燃える心と口づけを、
喜びを、しあわせを。

やがて雄鶏の鳴く声に
私の心はハッと目覚めた。
私はたったひとり、ここに坐って、
今みた夢のあとを追っている。

私がもう一度、目をつぶると、
心は今もまだ温かく高鳴っている。
いつになったら、窓の木の葉は緑に色づくのだろうか。
いつになったら、私はあの懐かしい人をこの胸に
抱けるのだろうか？

大森恵子訳詩

この『春の夢』は、『冬の旅』の中の一一曲目の歌である。その前の短調の『休息』とはがらったと変わった長調の曲なのに、ここに来ると、いつも胸が詰まる。

それは失ったものへの哀惜（あいせき）であろうか、遥かなものへの憧憬（しょうけい）であろうか。

『春の夢』について、フィッシャー＝ディースカウは「この曲は『冬の旅』の中の美しい島なのです」と語っていた。私の中で育（はぐく）んできた『春の夢』に対する想いと重なって、その言葉は印象深く刻まれた。

フィッシャー＝ディースカウが「『冬の旅』の中の美しい島なのです」と言ったように、『冬の旅』は、二四曲中の一六曲が短調の曲で占められている。人生の暗い挫折（ざせつ）と彷徨（ほうこう）の歌曲集の中で、『春の夢』は、一瞬ではあれ、救いと安らぎを感じさせる歌である。

大学時代からの友人の村田佳江（よしえ）さんから電話が入る。

『春の夢』のCD、さっそく聞いたわよ。加藤剛さんの朗読はやはり素敵ね。あなたの好きな曲の『春の夢』も初めて聴いたけど、いいわね」

「あら、あなたも『春の夢』を気に入ってくださった？　嬉しいわ」

「実際に『春の夢』を聴いてみると、出だしは、軽やかなピアノに導かれて、かつて恋人との楽しかった春をまるで夢見ているようね。加藤剛さんの声も五月の空のように晴れやかだわ」

「『菩提樹』や『春に』も同様なのよ。シューベルトはいつも失われた過去の中を夢見ているところがあるの」

「遠い昔の思い出に耽（ふけ）るところは、とても懐かしく、美しい旋律だわね。そこの詩句を詠む加藤剛さんの声質もつやがあるわね」

「あなたもそう思われた？　でもシューベルトは、すぐ短調に戻って夢は破れる。長調で奏（かな）でられる夢想は束の間で、すぐに転調して、現実の孤独の中に連れ戻されるのね」

「確かに、シューベルトはどの曲も、長調と短調が繰り返されているところが多いわね」

村田さんも、シューベルトの転調に納得した口調である。

「シューベルトの音楽は、美しく甘い夢を見ても、ただ単にロマンチックにゆるゆると夢見るものではないの。シューベルトはどんなに夢想したとしても、その理想が焦れつつ遥かに遠いことも、永続する喜びは存在しないことも知っていたのだと思う。シューベルトの夢想は控えめで、はにかみと謙虚な諦めを含んでいるわ」

「楽しかった過去から現実へと転調しているところに、シューベルトの淋しい気持ちがよく出ているわね」

と、村田さんも、まるでシューベルト通になっているかのような話しぶりなので、ちょっと、おかしくなった。

「こうした長調と短調の心理的な使い分けとその効果的な対比は、シューベルトが得意とした手法だったの。その手法は、『春の夢』や『菩提樹』にもよく使われているわ」

「あなたの解説を聴いて、私にもわかるわよ。『春の夢』では、詩に相応（そうおう）して、最初は夢を語っていても、雄鶏の鳴く声にハッと目が醒め我に返るところは、突然に転調した短調の厳しさにおいて奏でているもの」

「あなたにも、シューベルトの転調を分かっていただけて嬉しいわ。ここで転調することによって、シューベルトは思い出に耽る甘さを排除している。過去を断念して前に進んでいこうとする姿勢が孤独の中に見受けられるでしょ」

村田さんは、同感とでも言うように、にっこりする。

「私は、『春の夢』の中で、長調の部分のメロディーのほうが、短調の部分を聞く時よりも、もっと胸が締め付けられるような感動を覚えるわ。これはなぜだろう……と、昔はよく思ったものよ」

「どうして長調の部分なの？」

「『春の夢』が感傷的であったり、甘く聞こえてこない理由は、シューベルトの長調の部分の美しいメロディーが、深い孤独の苦しみ、悲しみを濾過（ろか）して、穏やかな憧れと喜びに昇華されているからだと思うの。それゆえに、澄んだ美しさを感じとれるのでしょう」

「難しいことは分からないけれど、あなたの話を聞いてCDの音楽を聴くと、そのように思えてくるわ」

「シューベルトの転調の素晴らしさがここにあるのよ。私がシューベルトの長調の曲に、またシューベルトという作曲家に最も惹かれる理由も、ここにあると思う」

「なるほどね。シューベルトって、素朴で純粋で優しい人なのね」

村田さんは、さも感心したように話している。

「シューベルトは、どんなに淋しく悲しい孤独な短調の曲の中にも、長調に転ずることを決して忘れない。『春の夢』で歌われていたように、シューベルトの歓びが一瞬のほのかな歓びであるにしても、届かぬ理想への到達できないもどかしさが彼の曲想を尽きることなく湧き起こすの。それは、シューベルトが気高く純粋なもの、焦れつつ届かぬもの、遥かな理想への憧れを常に失わないことによるのだと思う」

「シューベルトって、稀なくらい純粋で、生きることに真摯（しんし）な人なのね」

「シューベルトの音楽が転調する時、この孤独な淋しい人生の悲しみを越えて、微かでも慰めと融け合わせていこうとする。それが音楽の中で、転調という形を採って美しく結晶したんだと思うのよ」

「あなたも、よく考えるわね。私なんて、普段、音楽を感覚的にしか聴かないから、分析なんか、ほとんどしないで聞き流してしまっている」

「だからこそ、シューベルトの音楽では、いつも短調と長調、すなわち喜びと悲しみが背中合わせのように表れている。シューベルト自身が言った言葉『愛をうたうと悲しみになり、悲しみをうたうと愛になる』に表れているわ」

「あなたの言われる、シューベルトの転調の妙って、なかなか深いものがあるのね」

シューベルトの音楽の中で、愛と悲しみは常に縺（もつ）れ合っている。この二つは、一見、相反することのように思われる。この二つを溶け合わす架け橋は、シューベルトにとっては音楽であった。

「『春の夢』は、長調と短調の融合の良い例で、短絡的に長調は歓び、短調は悲しみと定義づけられるものではないでしょう」

「『春の夢』に長調と短調のメロディーが繰り返されているのは、喜びと悲しみが一体になっているのね」

「長調の部分の『私は夢に見た』の加藤剛さんの朗読は、口跡を爽やかに、発した言葉の語尾を伸ばさない。慎しみ深く、シューベルトの過去を懐かしむ想いを歌い上げているわ」

「そう言われれば、そうだわね」

村田さんは、同調するような口調だ。

「また、『私はたった独り、ここに坐って、今みた夢のあとを追っている』の短調の部分の朗読は、決して感傷に溺れることなく抑揚も慎ましい。静かに、夢が去っていったことを告げている、でしょ」

「その辺が、加藤剛さんの朗読が素晴らしい理由かもしれないわね」

「最後の『いつになったら、私はあの懐かしい人を、この胸に抱くことができるのだろうか』の加藤剛さんの声の響きは、届かぬ望みとわかりつつ、遥かなものへの憧れを残している。それゆえに、シューベルトの澄んだ想いが伝わってくるわ」

「あなた、加藤剛さんにお願いできて、本当によかったわね。加藤剛さんの朗読は、あなたの言うシューベルトの転調の妙をよく理解してくださった朗読だわね」

村田さんは、加藤剛さんの朗読を心から喜んでくれていてうれしかった。

加藤剛さんの朗読で『春の夢』を聴く時、私の最も心惹かれる長調で奏でる旋律の部分を、加藤剛さんがシューベルトの想いを充分に汲み取り、朗読してくださった。

それだけで、加藤剛さんに、朗読をお願いできた意味があり、心から嬉しく思っている。

月刊 ピアノ 12月号 YAMAHA MUSIC MEDIA Corp.

V.A.
春の夢
洋楽

発売中

ビクターエンタテインメント
¥2940
NCS-205

①朗読：ます②ます③解説④解説⑤春の夢⑥解説⑦朗読：春の夢⑧解説⑨朗読：おやすみ⑩解説⑪おやすみ⑫解説⑬朗読：菩提樹 他全10曲

ドイツ・リート（歌曲）は「ことば(詩)」と「音楽(伴奏とメロディ)」が一体化した深遠なる芸術の美。シューベルトの音楽に“哀しみと喜び”、“夢と現実”など相反する心の揺れを感じるというリート研究者の大森がシューベルトの各曲に朗読・解説をつけて彼の世界の本質を案内してくれる。ディースカウやルートヴィヒ、細江紀子による歌をはじめ、加藤剛の朗読、斉藤雅弘のピアノが絶品。

『月刊ピアノ』に掲載された書評

春の夢

心に響くシューベルト歌曲の
天の調べに耳をすませて
朗読：**加藤剛・檀ふみ**
解説：**大森恵子**

「ます」「糸を紡ぐグレートヒェン」「音楽に寄せて」「夕映えに」「菩提樹」など、シューベルトの代表作を取り上げて、檀ふみ・加藤剛が詩の訳を朗読し、大森恵子が語って解説する豪華なアルバム。ジェラルド・ムーア、D・フィッシャー＝ディースカウ、クリスタ・ルードヴィヒ、斎藤雅広らの名演奏をおさめているのも、このCDの魅力です。

詩の言葉がもつ様々な魅力を、十二分に引き出したのがドイツ・リート、とりわけシューベルトの良さですが、大森恵子の訳と檀ふみ・加藤剛の朗読も負けていません。朗読／解説とあわせて聴くと、シューベルトの偉大さがよくわかります。ドイツ・リートには、あまり馴染みのない人には、親しくなるチャンスをつくる恰好の一枚ですし、ファンにとっては、その世界を改めて再発見できるすぐれた一枚です。（西）

NCS205 税抜2800円
制作：ビクター エンタテインメント
販売：ラッツパック・レコード
電話：03（3470）2179

『暮しの手帖』に掲載された書評

後日、『暮しの手帖 90』（暮しの手帖社、二〇〇一年二月）と『月刊ピアノ』（ヤマハ音楽メディア、二〇〇〇年一二月号）に書評が掲載された。

第四章　『愛と叡智・イェイツの世界』——「イニスフリーの湖島」に誘われて

1

加藤剛さんによるシューベルトの歌曲の朗読CDを二〇〇〇年秋に制作し、加藤剛さんの内面的な熟成の深みと声の素晴らしさに直接、触れた。

私は、ウイリアム・バトラー・イェイツの詩こそ加藤剛さんに朗読していただきたいという思いが強く沸き上がった。

イェイツ（一八六五〜一九三九）は、二〇世紀を代表する詩人で、劇作家。英国の植民地時代下で、アイルランド文芸復興を先導し、日本の能にも影響を受けたとされる。

W. B. イェイツ

イェイツの訳詩を加藤剛さんに朗読していただきたいという思いは、『春の夢』のCDの朗読の直後に、お伝えした。

「次は、イェイツの訳詩の朗読もぜひお願いさせていただきたいと思います」

イェイツの朗読についての依頼は、俳優座の古賀さんをお通しせず、加藤剛さんに直接であった。

その時は、私のほうで、まだイェイツの詩の訳詩も、『愛と叡智』の本の構想もできてはいなかった。だから当然、加藤剛さんも原稿も目にされてはいなかった。

それでも、「今度はイェイツですか、やりましょう」と、その場で快くお返事をくださり、朗読の約束をしてくださった。

「とても嬉しいです。イェイツの詩こそ、加藤剛さんに読んでいただきたいと思いましたから」

そのように、阿吽（あうん）の呼吸で、加藤剛さんにイェイツの詩の朗読のお約束をいただけたのは、不思議でもある。

私のイェイツの訳詩原稿をまだ何も読まれていなかったにも拘（かかわ）らず、イェイツの朗読を、ふたつ返事で、よく受けてくださったなと思う。

一つには、シューベルトのＣＤの制作以来、加藤剛さんとの不思議なご縁が繋がったことにも拠る。

ＣＤ制作のお祝い会の後の秋も更けたある日、加藤剛さんから、思いもかけず、シューベルトのＣＤについての感想を込めた丁重なお礼のお手紙を頂戴した。綺麗な端正な字で書かれている。

加藤剛さんから、三枚もの自筆のお礼状をいただけるとは、そのときまで夢にも思っていなかった。天にも舞い上がる気持ちだった。

私のほうが加藤剛さんに感謝を申し上げなければならない立場であるのに、と思い、至極恐縮した。

得意になって友人の村田さんに見せると、村田さんも目を細めて、「加藤剛さんからお礼状をいただけるなんて凄い」と、感心してくれた。

「綺麗な字でしょ。こんなお手紙をいただくなんて思ってもいなかったから、びっくりよ。律儀な方ね」

翌年二〇〇一年の五月、前年の『春の夢――心に響くシューベルト歌曲の天の調べに耳をすませて』の刊行のお祝い会に出席された開成高校の福地先生から、「今年の春の褒賞で、加藤剛さんが紫綬褒章を受けられましたよ」と伝えられた。

「加藤剛さんの受章を私は全然、知りませんでした。新聞に受賞の記事はありましたが、細かく見なかったので」

福地先生は、「加藤剛さんは、大森さんのお祝い会に出てくださったのだから、何かお祝いをされたほうがいいのではないですか」と、アドバイスをしてくださった。

「そうですね。至急、何かお祝いをいたします。教えていただけてよかったです。有難うございました」

受章のお祝いに、銀座の安藤七宝店で見つけた七宝焼の花柄の銘々皿をお送りした。するとそれに対しても、加藤剛さんは丁寧なお礼状をくださった。

過日は美しいお花とともに花の化身の見事な
銘々皿を頂戴しありがとうございました。
御礼がこんなに延引しどうぞ御寛恕下さい。
「コルチャック先生」の地方公演から昨夜、
もどりました。
またお目にかかれますように。

加藤剛

大森恵子様

加藤剛さんからいただいたお礼状

『伊能忠敬　子午線の夢』のチラシ

　また、その年の秋には、加藤剛さんから、『伊能忠敬　子午線の夢』の映画の御案内をいただき、村田さんと渋谷の映画館に見に行った。その後も、『舞姫』や『コルチャック先生』など、加藤剛さんが主演される劇の御案内をいただいた。

　『舞姫』の劇の御案内をいただいた時には、三越の舞台に、息子がお世話になった開成高校の母親仲間数人を誘って見に行った。

　終演後、友人とささやかな花束を持って、楽屋を訪ねた。

「今日の劇は、素敵なお話でした。音楽も感動的でした」

と、お花を差し出した。

「大森さん、よく来てくださいました。綺麗なお花ですね。有難う」と仰る加藤剛さんは、常に変わらない穏やかな優しい目だった。

　会場には、大抵古賀さんのお姿も見えて、私が遠くから頭を下げると、古賀さんもニコニコ近くに寄ってきてくださった。

　古賀さんは、「今日の加藤さんのは良かった」とか、「あそこがちょっと拙いね」とか、簡単な感想をひと言、ぼそっと私に語られる。

　まるで、加藤剛さんを見守る父親のような感じがした。

「古賀さんはいつも、ほんとうに細かいところまで注意を払われて、劇を観ていらっしゃるのですね」

加藤剛さんは古賀さんと、これまで何十年と二人三脚で素晴らしい劇を作ってこられたような気がして、加藤剛さんにとって、古賀さんの存在はさぞ力強かったのではないかと拝察(はいさつ)した。

加藤剛さんは丁寧な方で、ご自身が上演された劇の後には、必ずお礼状が届く。『舞姫』の時に、鷗外に扮した加藤剛さんの写真付きの葉書をいただき嬉しかった。

鷗外に扮した加藤剛さんの写真付きの葉書(『舞姫』)

ＣＤ制作の翌年からは年賀状も頂くようになって、加藤剛さんがぐっと身近に感じられる存在になった。

その頃、ちょうど、ご子息の大治郎さんがサキソフォンのコンサートを催されており、その御案内も加藤剛さんから度々いただくようになった。

息子さんの大治郎さんのお名前は、加藤剛さんが池波正太郎原作の『剣客商売』の主役の秋山大治郎を演じていたことに由来する。

ご子息の演奏会には、村田さんや芦田さん、三原さんなど、毎回、代わる代わる友人を誘い、二〇〇一年秋から二〇〇五年春までの間、時間の許す限り聴かせていただいた。

先日は御多忙中お出まし
いただき、恐縮に存じました。
あわただしくて御礼もできず
申しわけございませんでした。
本日は近況御報告までに。
加藤剛
大治郎
大森恵子様

加藤剛さんからいただいた
お礼状

お台場と赤坂の会場に、何回足を運んだことか。数えたら、一二回。ご一緒した友人も一七人を越える。そんな時も加藤剛さんは、必ずその都度、お礼状をくださった。

演奏会では、軽い食事を取りながら、近隣の人々と歓談を交わして、ジャズを聴く。ジャズに縁遠い私としては、普段はなかなか味わえない、素敵な雰囲気の演奏会だった。

ご子息がその日のプログラムの最後に演奏される“We are all alone”は格別に美しいメロディーだった。

ご子息の演奏に聴き入る加藤剛さんを遠くから見ると、とても嬉しそうなご様子で、子煩悩な父親の顔の一端を垣間見せていただいた。

その会場では、女優の賀来千香子さんをお見掛けする日もあったり、元宝塚の榛名由梨さん、『ベルサイユのばら』の池田理代子さんらとテーブルを同じにする日もあり、ご一緒した村田さんはたいそう喜んでいた。

そこにおいでの加藤剛さんの奥様も気さくな方で、まるで昔からの知己のように、親しく歓談してくださった。

加藤剛さんが撮ってくださった写真

お台場での加藤剛さんと友人たち

加藤剛さんは、時には、私の友人たちとも一緒に写真に入ってくださった。

逆に、私たちの写真も撮ってくださった。

「外のほうがライトアップしていて綺麗でしょう。外に行きましょう」と、加藤剛さんから率先して外に出られた。

「どこの位置で撮るのが一番いいかな？　ここがよさそうですか。皆さん、ここに並んでください」と、ニコニコして撮ってくださった。

そのような場で、二〇〇二年の終わり頃、『愛と叡智・イェイツの世界』の朗読の原稿をごく自然にお渡しできた。

この頃も私の訳詩はまだ推敲中で、解説も完璧に完成してはいなかった。しかし、原詩と訳詩を収録して、イェイツの人生と思想を辿りながら詩の背景などを解説する本の構想は、かなりはっきりした形になっていた。

「まだ推敲途中のところもありますが、訳詩と解説の部分の原稿を、今日お持ちしました。読んでみていただけますか」

「楽しみに読ませていただきます。イェイツの詩は難しいけれど、とても深いですよね」と、加藤さんは微笑みながらＡ４のワープロ用紙にして一〇〇枚近くの原稿を受け取ってくださった。

「イェイツの詩は確かに難しいですが、読めば読むほど深いなと、私も思います。でも、加藤剛さんに訳詩の朗読をしていただけると思うと、とても楽しみです」

ご子息のサキソフォンの演奏会場でのことである。

加藤剛さんが、イェイツの朗読を受けてくださったのは、『春の夢』のＣＤ完成の直後の二〇〇〇年のことだった。加藤剛さんは、私のイェイツの原稿をまだ何も読まれていなかったにも拘（かかわ）らず、その場で、朗読をふたつ返事で受けてくださった。それは、加藤剛さんがイェイツを、多少とも理解されていたからだと思う。

もしかすると、私がその頃に纏（まと）めた『英詩のこころを旅して――今、Innisfree に誘われて』（青娥書房、二〇〇〇年）を加藤さんは、すでに読んでくださっていたのかもしれない。

『英詩のこころを旅して』の本を手にする加藤剛さん

その本では、イェイツの詩は、『イニスフリーの湖島』の一篇だけを取り上げていた。

その『英詩のこころを旅して』と『Honeysuckle の追憶』（一九九五年）の二冊は、『春の夢』のお祝い会で、出席者の皆さまにお持ち帰りいただいた。

加藤剛さんも、その二冊を読んでくださったのだと思う。

加藤剛さんは、私が書いた本をほとんどみな読んでくださった。そして、お忙しい方であるにも拘らず、必ず、感想のお手紙を書いてくださった。

特に、二〇年近くも前に書いた、私の亡き母の追悼記である『Honeysuckle の追憶』については、二〇〇二年二月のご子息の演奏会の席上で、加藤剛さんは、遠くの席から私の席までいらした。

「大森さん、なかなか直接感想をお話しする機会がありませんでしたが、前から一度きちんとお話をさせていただきたいと思っていました。お母様の回想記、すばらしいご本ですね。心打たれました。とても感動しました」と、心から語ってくださった。

「有難うございます。あんな私的な本まで読んでいただけて、とても嬉しいです」と、私は恐縮した。

私は、とても有難く思ったし、その一瞬、加藤剛さんのお言葉が、どこか、心の琴線（きんせん）に触れたような気がして、とても嬉しかった。

加藤さんも、時に、ご自身の文章が載っている《五三会》（加藤剛さんの後援会の名前と思われる）の会報などをお送りくださった。

お健やかにお過ごしのことと拝察申し上げつつ、
御無沙汰のお詫びを申し上げます。
師走になりますが、十二月十三日(土)赤坂B♭(ビーフラット)
で恒例の大治郎カルテットライブがございます。
暮の御多忙中とは存じますが御光来を心より
お待ち申し上げております。(昼・夜二部とも私は
居ります。)
今回会報「心」を同封させていただいたのは、
新作映画「いつかAトレインに乗って」についての拙稿に
ちょっとお目通しいただきたく願うためで、入会等の
お誘いではございませんので、どうぞ御放念を。
お目にかかれますことを心より願いつつ。

加藤剛

大森恵子様

加藤剛さんからいただいたお手紙

2

二〇〇〇年春、加藤剛さんにシューベルトのCDの朗読をお願いした時は、私に『愛と叡智・イェイツの世界』の本の構想はまだ生まれてはいなかった。

ただ、『愛と叡智』の基となったイェイツの評伝 "W. B. Yeats A Life" (Richard J. Finneran (edited), The Collected of W. B. Yeats, Simon & Schuster Inc., N. Y., 1996) は、ほぼ訳し終えていた。

この評伝は、一九九八年にアイルランドに行った時に、イェイツの故郷であるスライゴーの本屋さんのお薦めで買ってきた。

私がなぜ、アイルランドのイェイツの生誕地のスライゴーを訪れる旅に出たかというと、『英詩のこころを旅して』の本の作成にあたり、参考になる資料を集めるためであった。

"W. B. Yeats A Life"

イェイツの故郷のスライゴーだけではなく、ウイリアム・ワーズワス（一七七〇〜一八五〇）の詩に描かれた自然への想いなども跡付けたくて、ワーズワスの愛してやまなかったイギリス湖水地方（『英詩のこころを旅して』の表紙の写真、九五頁）にも、遠く足を運んだ。

この本の原点は、日本女子大学附属高校での英語の授業による。私は一九九四年まで、母校の日本女子大学附属高校で、大学では英文科に進みたい高校三年生の生徒たちのために設けられた、一コマ二時間の英語選択授業で、イギリスの小説を読んでいた。

小説だけでは生徒が退屈だろうと、毎回、授業のはじめに英詩を一篇ずつ紹介した。生徒も楽しんだようだが、充実感を味わったのは、むしろ私自身だった。

二〇年前に大学で英詩を読んだ時は、訳すのに精いっぱいで詩に共感することはなかった。それが、この時は、詩人の喜びや苦悩を自分が初めて共有できたような気がした。

『英詩のこころを旅して——今、Innisfree に誘われて』の本に収めたのは、高校の授業で取り上げた二二人の詩人たちによる二七篇の作品だ。それを自然、時、愛、美など一〇のテーマに分けた。

人間の営みにはお構いなく、ただ無関心に過ぎていく時の無情観を詠んだディキンソン（一八三〇～八六）の「百年ののちに」。また、短くはかない一生の中で、真実の愛を懸命に探そうとするブラウニング（一八一二～八九）の「一生の愛」など——。

詩人たちは、自分を見つめて言葉に託した。その先人の思いを、英文学や英詩などに触れたことがない人たちにも紹介したいと思い、三年がかりで一冊の本『英詩のこころを旅して——今、Innisfree に誘われて』（九五頁）に纏め上げた。

3

この本の中の「自然」の章で、ワーズワスの『水仙』(The Daffodils)、『虹』(The Rainbow)とともに取り上げた詩が、イェイツの『イニスフリーの湖島』(The Lake Isle of Innisfree) であった。

まだ大学に入って間もない五月、教室の窓越しに見えたユリノキの新緑が風に揺れて眩(まぶ)しかった。先生は、美しい発音と抑揚で詩を読まれた。

"I will arise and go now,"「**今、私は立ち上がって行こう**」という出だしの言葉が、何か少しだけ大人になりかけた自分自身の新しい出発を確かなものとして実感させてくれるように思えた。

目を瞑(つぶ)ると、小石に擦(す)れ合う波音に重ねられた原詩の韻の美しい調べが真っ青な天の彼方から聞こえてきた。閉じた瞼(まぶた)の中で、岸辺に寄せる澄んだ湖水の波の下に、小石が透けて見える情景が浮かんだ。

いつか、そんなところに行ってみたい、と、その時の私は切望した。

この詩のイニスフリーとは、イェイツが子供の頃を過ごしたアイルランドのスライゴーにあるギル湖に浮かぶ小島を指している。

イニスフリーのイニスは人も住めない小さな島の意味で、元はギリシアの島の名前にあると

ギル湖に浮かぶ小島イニスフリー

いう。フリーがアイルランドの言葉であるゲール語でヒースの意味である。

つまり、イニスフリーとは「赤紫色に萌えるヒースが一面に咲いている島」の意味だ。

イェイツは、この時、イニスフリーに実際に行って漣(さざなみ)の音を聞きながら書いているのではない。ロンドンの喧騒(けんそう)とした繁華街(はんかがい)、フリート通りを歩いていた時、店の飾り窓に飾られていた噴水装置が目に留まった。

その水音を聞いた刹那(せつな)に、故郷の湖の島の岸辺に打ち寄せる波の調べを思い出したと、イェイツは回想記の中で述べている。イェイツは故郷の島への憧憬(しょうけい)を募らせ、いてもたってもいられない気持ちで詩を書いたのだろう。

だが、イェイツにとって、イニスフリーへの憧れは、単なる郷愁だけで謳われたのではない。

長きに亘るアイルランドと大英帝国の政治的宗教的葛藤が背景にある。アイルランドには一二世紀頃からヘンリー二世や、クロムウェルの侵略といった七百年以上に亘る長い大英帝国の植民地の歴史があった。

イェイツは、カトリックが九五パーセントを占めるアイルランドにおいて、生粋のケルト人でもない、アングロ・アイリッシュのプロテスタントという少数派であった。

代々イングランド系の家系の一人で、アイルランドの中では、優遇された暮らしをしていた。しかし、父親の仕事で、一二歳の時、ロンドンの学校に入る。そこで、イングランド人のアイルランド人に対する偏見に、突然気付く。

自分はイングランド人でもなく、アイルランド人にもなりきれていない、曖昧で孤独な人種なのだという意識がイェイツを悩まし始める。

イェイツの心の中に潜む、exile の悲哀感がイェイツを詩人にしたように思える。

この少年期に味わったロンドンでの孤独感とアイルランド人への大英帝国の反感感情などが、イェイツを後の文芸復興の活動や、愛国運動、ケルトの持つ妖精の神秘的、霊的世界に誘っていく原因にもなった。

イェイツにとって、物質主義に毒されたロンドンとスライゴーの風光は、どうしようもないコントラストを生むことになった。ロンドンの物質主義の象徴のような灰色のビルは、イェイツの心を圧迫する。

"While I stand on the roadway, or on the pavements grey"「**都会の車道や、灰色の舗道にたたずむ時も**」と謳っているgrey（灰色）は、ロンドンをイメージして、スライゴーのpurple（赤紫）の色と対比させている。

さらに、イニスフリーはイェイツの心の特別な場所をしめていた。それは、幼い日々を故郷のスライゴーで共に過ごした恋人のモード・ゴン。

イェイツにとって、イニスフリーは愛の島だった。たとえ、それが夢であって、実際に行くことができなかったにしても、「イニスフリーの湖島」を謳わねばならなかった。

"And I shall have some peace there, for peace comes doropping slow"「**そこへ行ったら心の安らぎが得られるだろう、というのも安らぎがゆっくりと降りてくるから**」と詩人が謳ったように、イニスフリーには、本当の心の安らぎ、本当の人生があるだろう……と。

イェイツが「イニスフリーの湖島」を謳う時、虚像のように、夢のように、モードを映していたと思う。イニスフリーの湖島とは、イェイツにとり、いつも遥かなる夢の場所であった。

4

私がイェイツに本当の意味で出会ったと思ったのは、一九九七年頃からである。『英詩のこころを旅して』の中で、イェイツを紹介するために、イェイツの作品などを調べ直した時だ。

あれこれ図書館でイェイツに関する評論や批評書を探ってみた。

イェイツの人生を初めてなぞり、驚きもし、感心もし、共鳴もした。一九歳のあの日、大学の教室の片隅で出会ったイェイツとは全く別のイェイツを知る思いであった。それは、イェイツのexileの部分だ。

イェイツのexileの部分が分かりたくて、イェイツの書いた詩を一つ一つ、夢中で読み進んでいった。なかなか難解である。

しかし、まるで魔法を解くように、読むたびごと、一つ一つの詩の言葉が心の琴線に触れてくる。すっかりイェイツのとりこになった。私が夢中になったイェイツの魅力は「さまよい人」の部分だ。

英国系アイルランド人のイェイツは、アイルランドの独立運動の高まりの中で、「イギリス人でもなく、アイルランド人にもなりきれていない」というアイデンティティに悩まされ、彷徨(さまよ)う孤独感と葛藤(かっとう)が、詩によく表れている。

私は、一九九八年の初秋、イェイツの生まれ育った地、イェイツの詩を作った場所をどうしても知りたくて、アイルランドまで飛んでいった。

イェイツの生まれ育った地、詩を作った場所を訪ね歩いた。『白い鳥』の詩を恋人モード・ゴンに贈ったホース岬。

ダブリンのコノリー駅から鄙(ひな)びた郊外鉄道線に乗って三〇分、終点駅がホースである。ホー

アイリッシュ海に真っ直ぐに突き出した、ホース岬

ス岬はダブリン湾を北から抱くようにして、突き出ている半島の突端に位置している。

　駅を東に進み、坂道を上って、道をずっと南下していくと小高い丘がある。

　丘を駆け上ると、エメラルド色の水を呈したアイリッシュ海に真っ直ぐに突き出した、ホース岬が姿を現す。先端に真っ白な灯台が建っている。風は爽やかだった。あまりの美しさに息を呑む。『イニスフリーの湖島』を謳ったギル湖。『ベンバルベンの麓で』の遺稿の詩が刻まれたドラムクリフの教会墓地。どの場所も、どの自然も臨場感が溢れてきた。


　その折、スライゴーの本屋さんで買い求めたStephen Cooteの"W. B. Yeats A Life"（九八頁）を帰国後すぐ読み出し、半年掛けて訳した。この評伝は、本場スライゴーの本屋さんのお薦めだけあって、とても丁寧に書かれていた。優れたイェイツの評伝である。

評伝の翻訳が、二〇〇四年に『愛と叡智・イェイツの世界』が生まれる切っ掛けとなった。

イェイツの詩は、ほぼ作品順に沿って選び、大きく、「白い鳥」「妖精」「愛」「仮面」「叡智(えいち)」の五章に分けて、収録する。

ドラムクリフのイェイツの墓

内面の自我と無我の二極の相に葛藤(かっとう)し続けたイェイツが、やがて叡智により融和されていくイェイツの全人生が、詩を読みながら、時系列的にわかるようにしたいと思った。

イェイツの詩は「難解」と評される。しかし、解説では、イェイツが影響を受けた人々や政治的社会的な背景などを織り交ぜながら、一篇一篇を丁寧に読み解いていこうと考えた。

5

アイルランドで買ってきた評伝 "W. B. Yeats A Life" を訳していた最中は、これを基に本に纏めるだけで、訳詩に朗読のＣＤまで付けようとは考えてもいなかった。その後に齎(もたら)される、加藤剛さんとの出会いがあろうなどと、その時には考えてもいなかったから。

しかし、この評伝の翻訳をほぼ終えて、私なりのイェイツ論を纏め終えた二〇〇〇年の春、思わぬ経緯で、前作の『春の夢――心に響くシューベルト歌曲の天の調べに耳をすませて』のシューベルトの歌曲の訳詩を加藤剛さんに朗読していただく成り行きになった。

その時に、加藤剛さんのお声に初めて直(じか)に触れて、シューベルトどころか、イェイツの詩こそ、加藤剛さんに詠んでいただきたいと強く思った。

シューベルトの朗読ＣＤで、加藤剛さんによる素晴らしい朗読の味を占めてからは、この本にも、絶対に加藤剛さんによる訳詩朗読を付けたいと切望するようになった。

ノーベル賞詩人イェイツの悲しみや exile の部分を英文学の論文としてではなく、英文学に触れる機会のない人々にも知ってもらいたい。

イェイツの謳う悲しみは、実は、私たちの悲しみとこんなに身近で、こんなに同じなのだと、知ってもらいたい。

加藤剛さんの朗読によって、この願いを具体的に実現することができる。多くの人々に伝えることができるように思えた。

加藤剛さんは、人間の喜びと悲しみのたくさんの経験を長年の演劇を通して積まれているから、人生を深く熟知された方であると思えた。

6

実は、もう一つの面からも、ＣＤの添付の意義を感じていた。

私は、『愛と叡智』で扱う一六篇のイェイツの詩を本格的に訳し始めた頃から、イェイツの訳詩には、朗読の必要性を朧（おぼろ）に感じ始めていた。

イェイツは「詩のシンボリズム」と題する論文の中で、こう述べている。

「あらゆる音や色彩は予め（あらかじ）決まったエネルギーを持つ。あるいは長い間、抱かれた連想を保持する。それによって、はっきり定義することは困難だが、的確な感情を喚起（かんき）する。音や色や形が音楽的に符合して相互に美しい関係を作る時、それらは一つの感情を呼び覚ますのである」

実際、『イニスフリーの湖島』の詩の中では、イェイツの心象風景を暗示するものが「色」で表現されている。

例えば、七行目の**“noon a purple glow”**「**真昼は辺り一面赤紫色の輝きとなり**」の詩句では、島の名のとおり、秋の光に当たって野や丘を埋め尽くすヒースの花が紫色に輝いている光景が、浮かんでくる。

ここでいうpurpleは、紫でも青紫でもなく、赤色に近い紫らしい。

また、この詩の中では、「色」だけでなく、「音」もたくさん聞こえてくる。蜜蜂の羽音、コオロギの鳴き声、紅ヒワの羽搏(はばた)く音、岸辺に打ち寄せる波の音。こんなに美しい響きがあるだろうか。イェイツの“word music”の魅力が充分に出ている詩だ。

夕暮れは紅ヒワの飛び立つ羽音でいっぱいというのも美しい。linnetという言葉で、「l」の発音が二重の「n」の音に受け継がれたあと、「t」のひそやかな音で結ばれているのが見事だ。

“I hear lake water lapping with low sounds by the shore,”「**私には湖の岸辺に打ち寄せる波の調べが低くひたひたと聞こえるから**」では、反復される「i」と「l」の音、二重母音が柔らかく流れる音調を醸し出している。波が岸を舐(な)めるひたひたという低い音が聞こえてくるところは、甘く美しい響きが重ねられる。その結果、聞くもの誰にも、忘れられない印象を残している。

イェイツは、技巧面において、ブレイクや、フランスのマラルメの象徴主義の影響を受けていた。詩人の情動とイニスフリーの静寂の脈拍(みゃくはく)の鼓動(こどう)が、視覚と聴覚を総動員して伝わってくるところが凄い。

しかし、日本語に訳した時に、日本語の文字を目で追うだけでは、果たして、原詩にあるせっかくの色や音が届けられず、「的確な感情を喚起（かんき）する」ほどに表現できうるのか。訳しながらも不安だった。

原詩の韻の響きや、英語の言葉自体が持つ音の美しさが読者に伝わらなければ、イェイツの詩の味わいも半減されてしまう。そこで、原詩の朗読を付ける必要を感じた。

日本語に訳された詩にも、朗読を付ける手法で、朗読の声の響きや抑揚に補完されて、イェイツの世界を情景豊かに浮かび上がらせられるのでは、と想像した。朗読によって、多少とも、翻訳の詩の限界を補うことが可能ではないか、と考えた。

原詩の音の響きから離れた、日本語の訳詩からは色や音を想像しにくい。訳詩から、どうしたらイェイツの複雑で細やかな感情をきちんと読む人に伝えられるのか、不安を感じていた。

その時に、助け人のように、加藤剛さんという類い稀な朗読者が天から私の前に舞い降りてきてくださった。

そこから私は、加藤剛さんに朗読いただく情景を頭に浮かべながら、長い時間をイェイツの訳詩の推敲（すいこう）に費やした。

第五章　加藤剛さんに拠るイェイツの訳詩朗読

第五章　加藤剛さんに拠るイェイツの訳詩朗読

1

二〇〇三年の六月、加藤剛さんとのイェイツの訳詩の朗読のお約束が、ビクターの表参道のスタジオで、やっと実現した。

二〇〇〇年にお約束いただいた日から、ほぼ三年の月日が経過していた。

シューベルトの時の六編とは違い、イェイツは一六編の訳詩を朗読していただくので、録音時間も半日を予定された。午前九時から始まった。

今回のビクターの録音担当者は、以前と同じ今泉さんだったが、ディレクターは、山岸俊哉さんという方だった。

山岸さんも三〇代半ばくらいで、気持ちのよい、元気な方だ。

この日、加藤剛さんは奥様同伴で部屋に入ってこられた。奥様は、いつもニコニコされた腰の低い印象の方だ。身なりもいつも黒っぽい地味な色を召されている。

「少し風邪（かぜ）気味で、今日は心配です」と、加藤剛さんは、山岸さんに謝られた。

「どうぞよろしくお願いします。何か、気分の悪いことが生じたら、ご遠慮なくいつでも仰（おっしゃ）ってください。録音の途中でもいいですから」と、山岸さんが心配そうな顔付きをされた。

加藤剛さんは、笑顔を絶やさずに、録音室に一人で入って行かれた。

「では、どうぞよろしくお願いいたします」と、私は加藤剛さんに、頭を下げた。

私の胸は、どのような朗読がこれから始まるのか、期待が高まった。

2

私は、加藤剛さんの朗読風景がガラス越しに見える、録音室の前の部屋で椅子に座った。

いよいよ、これから加藤剛さんの朗読が始まる、と思うと、胸がわくわくした。

軽くマイクテストの後、山岸さんが「では、始めます」と、合図をする。

第一章の「白い鳥」の冒頭の詩、『白い鳥』の朗読の録音が始まる。身が震えた。辺りにピーンと張り詰めたような荘厳（そうごん）な空気の漂いを感じ、緊張した。

加藤剛さんは、風邪など何のそので、静かに、それでいて張りのある声で、しっかりと、美しく、『白い鳥』の詩を詠み始めた。

五年前に行ったホース岬の情景が一挙に瞼（まぶた）に甦（よみがえ）ってくる。

『白い鳥』は、若き日のイェイツが、終生の恋人モード・ゴンと、ホース岬に行った時に見た白い鳥を謳った詩だ。二人が頭上を眺めていると、午後の陽を浴びて、銀色に光った鷗（かもめ）が二羽、舞っていた。

その時、モード・ゴンは微かに言葉を漏らす。

「もし、私が鳥になれるなら、あの鷗になりたいわ」と。このモード・ゴンの小さな叫びをイェイツはすぐ『白い鳥』（The White Birds）の詩に書いて、三日後にモード・ゴンに送った。鳥はイェイツにとって、有限界と永遠界を結ぶ使者、魂の不滅のシンボルであった。

「**私たち——あなたと私は、海の波間に浮く白鳥になろう！**」の第一節日の出だしの加藤剛さんの声の響きは、落ち着いた静かな語り口だ。詩人の哀しみを越えて、夢の達成を祈るかのよう。希望までは感じられないが、悲しみだけに浸ってはいない。

しかし、最終節の最後の「**あなたと私が海の波間に浮き漂う　ただあの白い鳥となって飛んでいけるなら**」では、現実界では理想に届かない夢への渇望を甘受する詩人の痛みが謳われている。

加藤剛さんの声の響きも、出だしの読み方とは多少、異なり、音質も声の音の高さも低くなる。それでも、加藤さんの声の調子も、読み方も、決して感傷的ではない。

哀しい痛みに耐えた者こそ、美を生み出すと考えて、必死に昇華していこうとするイェイツの哀しみ。最も肝心なポイントを、加藤剛さんは実によくわかっておられる気がした。

次の『イニスフリーの湖島』（The Lake Isle of Innisfree）は、イェイツの詩の中では、英文科の学生なら、誰もが知っている、一番馴染みのある詩だ。

イェイツの初期の作品は、甘く感傷的で、夢見がちなものが多いので、dreamy poetry（夢見ごこちの詩）とも、twilight poetry（薄明の詩）とも言われている。

しかし、若い頃の作であるにも拘らず、この『イニスフリーの湖島』では、詩人は自己憐憫や過去への甘い郷愁に浸っているだけではない。イェイツは夢の世界を彷徨しながらも、現実界と永遠の世界を切り結ぼうと、前に進む意志も感じられる。

イニスフリーの湖島が実現することのない虚像の夢の島のまま終わるのではない。安らぎに溢れた天国のように思えてくる。これも、加藤剛さんの艶のある、抑制の利いた語り口による。

自然と一体となったゆったりした感じが、加藤さんの朗読から流れてくる。

私は「**安らぎがゆっくりと降りてくるから**」の原詩の"peace"を、最初、「平和」と訳そうか、「安らぎ」と訳そうか、ちょっと迷った。

だが、加藤剛さんに詠んでいただく光景を想像した時、「安らぎ」のほうが合っているように思った。この朗読を聴いて、やはり「安らぎ」の訳をつけて良かったと安堵した。

さて、『イニスフリーの湖島』の日本語の訳詩において、一番心配していた、音と色の表現について、耳を澄ました。

加藤剛さんの声を通して、真夜中に広がる朧な月の光、赤紫色に萌えるヒースの花々に埋め尽くされた丘の情景が浮かんでくる。蜜蜂の羽音、紅ヒワの羽搏き、コオロギの鳴く声も聞こえて来る。

最後の行の「**私には湖の岸辺に寄せる波の調べがひたひたと聞こえるから**」の加藤剛さんの

声の響きと母音まではっきりと発音する読み方は、寄せる波音の調べが遠く懐かしく聞こえてくる。

イェイツが表現している情緒を、加藤さんの朗読は、まるで深く追体験し、再現するかのような音の言葉である。

私が、イェイツの詩こそ、加藤剛さんに朗読してほしいと願ったのは、大当たりであった。この『イニスフリーの湖島』の朗読を聴いた瞬間、喜びが、じわじわと胸に寄せてきた。

三詩目の『クール湖の白鳥』(The Wild Swans at Coole) のクールとは、アイルランドのゴールウェイにある湖である。湖の傍にあるグレゴリー夫人の館で、イェイツは三〇代から四〇代の頃、留まって、モード・ゴンへの失恋の傷を癒した。

クール湖の湖畔に立って、過去を回想する詩人の前に、過ぎていった人々、取り戻せない青春が甦ってくる。

その時、詩人の眼の前には、白鳥が美しい姿を湖面に浮かべており、イェイツは永遠の時空に対する熱い想いを精妙な言葉遣いで表現する。象徴性に富んだ美しい詩で、私の最も好きな詩である。

T・S・エリオットが若い頃、イェイツは既に有名だったが、エリオットはイェイツを認めなかった。

しかし、一九一九年からイェイツは変わった。それでイェイツをコンテンポラリーだと感ずるようになった、と評している。一九一九年は、『クール湖の白鳥』が出た年だ。

加藤剛さんが、シューベルトの朗読の時と比べて、各段に素晴らしいと思ったのは、この詩の朗読を聴いた時である。

シューベルトの『春に』の「**ああ、あの日はとても幸せだったなぁ**」と、この『クール湖の白鳥』の「**すべてがすっかり変わってしまったのだ。はじめて黄昏の湖畔に立ち、頭上に羽打つ音の調べを聞きながら、足取り軽く走った　あのときとは**」では、どちらも同じように喪失した過去への哀惜を詠んでいる。

しかし、加藤剛さんの詩の朗読は、シューベルトの朗読の時と大きく異なる。決して感傷に溺れることのない、静謐で控えめな表現である。

詩を詠む加藤剛さんの朗読の音調からは、うつろいゆく時の流れの中に、微かにも、哀しさともいえるような詩人の諦観が染み入ってくる。

詩人の諦観は、加藤剛さんご自身の諦観にも映る。朗読に聴き入っていた私の眼に、思わず涙が滲んだ。

第四節目の「**彼らの心は老いることがないのだ。どこをさすらおうとも、常にその情熱の焔と意志を、しっかりと内に宿しているのだ**」の詩句は、私の最も好きな部分だ。

加藤剛さんが詩句を詠まれた時、私はこの詩句が加藤剛さんそのもののように思えた。加藤剛さんの声は、凛々しく、一寸もぶれるところがない。堂々と、室内に響いた。

「では、これで、第一章の『白い鳥』が終わりました」

と、山岸さんが小さな仕切りを入れる。

「こんな感じで大丈夫でしょうか」

と、加藤剛さんが山岸さんに録音室から尋ねる。

「大変結構だと思います。マイクの不都合はありませんね?」

「特に問題はありません」

「ここで少し休憩を入れますか?」

と、山岸さんは加藤剛さんに尋ねられた。

「もうちょっと行きましょうか。『妖精』の章の終わりまで」と、加藤剛さんは答えられて、朗読の録音は、また続く。

次の「妖精」の章の最初の詩、『さらわれた子供』(The Stolen Child) の朗読に進んだ。朗読を聴いた瞬間、加藤剛さんがイェイツを実に深く理解していると思えた。

イェイツの詩には、何万もの私たちの心が刻まれている。詩人の哀しみや exile の部分は、私たちの哀しみとこんなに同じだと、私は多くの読者に伝えたかった。

加藤剛さんの朗読は、イェイツの哀しみを加藤さんの心の中に留めて、濾過(ろか)しているからこそ、聴く人の耳に清澄感が残る。抑制した声の響きが詩人の魂を寧ろ切々と伝えてくれる。

『さらわれた子供』のリフレインの箇所の朗読を聴いていた時、まさに、ここだ！　と思った。

『さらわれた子供』の、各節の終わりにリフレインされている「**こちらにおいで！　おお、人の子よ！　いっしょに行こう、湖や荒野へ　妖精と手に手をとって　この世は思いのほかに悲しいことで一杯だから**」に来ると、加藤剛さんの声は、それまでの三詩のどの朗読の雰囲気とも、がらっと変わる。

『さらわれた子供』の中でも、このリフレインの部分を詠まれる時だけ、加藤剛さんは、別人のように変身する。

加藤剛さんは、子供が妖精に攫われていく場面であっても、哀しみだけを強調することを避ける。声色を変え、この上ない優しさで、むしろ優し過ぎるくらい優しく柔らかな抑揚を付ける。

声の音色と読み方がイェイツの歓びと哀しみが溶け合わされたものが現世である、との想いをより一層、際立たせている。

加藤剛さんのリフレインの詩句を聞いていると、加藤剛さんが妖精の化身となって、人間界の人々の哀しみを慰め、励ましてくれるような気がしてくる。珠玉の朗読だ。

驚くのは、月の光、白鷺や牛や鼠や鱒、苺や桜桃、葦や羊歯など、私たちのまわりの自然の微かな囁きにも、イェイツが耳を傾けている点だ。これは、原詩では、まったく気づかなかった。

小さな慰めを見出そうとする素朴で優しい心が、加藤剛さんの朗読で、浮かび上がる。

二詩目の、『宙の妖精たち』（The Host of the Air）でも、妖精たちに攫われていく花嫁を謳っている。

ここでも、三節目と一一節目に、イェイツの悲しみと喜びの混じったものが現世であるという想いが「**かつてあんな悲しい音色はなかった、あんな楽しい音色もなかった**」という詩句でリフレインされている。

加藤剛さんの声の調子は、悲しい音色、楽しい音色、どちらを強調するでもない。短絡的に「悲しい音色は哀しみ」「楽しい音色は喜び」と定義づけられるものではない。

喜びと悲しみが背中合わせのようになって同居している。加藤剛さんは、悲しいできごとも、気張ることなく、大袈裟でもなく、淡々とイェイツの感慨を詠んでいる。

この世は、現実を描くとなると、無理に意識しなくても、結果として、喜びと哀しみの断定を避ける事態になる。こうしたイェイツの実人生への想いも、加藤剛さんは充分に理解しているように思えた。

加藤剛さんはたくさんの演劇を通して、人間の喜びと悲しみのたくさんの経験を積まれてきた。『さらわれた子供』と『宙の妖精たち』のリフレインの詩句では、人生を熟知された加藤剛さんならではの、圧巻の朗読である。

「妖精」の章の最後の詩は、『さまよえるイーンガスの歌』（The Song of wandering Aengus）だ。

映画『マディソン郡の橋』で、フランチェスカがキンケイドを夕食に誘うため、橋の入口にぶらさげた紙切れに書いた言葉、「白い蛾が羽をひろげるとき」は、イェイツの林檎（りんご）の花の夢を謳った詩から採っている。アイルランドでは、林檎の花は青春の象徴で、イーンガスとは、アイルランドの上代の神話の中に見られる妖精で、美と愛の神を意味する。

しかし、イェイツにとって、林檎の少女は夢の中だけが現実であった。夢から醒（さ）めた途端、白昼には幻の彼方に消えてしまう。

『マディソン郡の橋』
ブルーレイ ¥2,381＋税
DVD 特別版 ¥1,429＋税
ワーナー・ブラザース ホーム エンターテイメント

加藤剛さんは、過ぎ去った青春の哀歌をどこか、爽やかに清々（すがすが）しく歌い上げる。最終節の「**私は盆地や丘をさまよい歩き、年をとってしまったが、彼女の行方を探し求めて、その唇にくちづけし、その手に触れたい。丈高い雑草を分けて歩き、時が尽きるまで摘みたい銀色の月の林檎と、金色の太陽の林檎を**」の部分が引き締まった口跡のためかもしれない。

加藤剛さんの読み方は郷愁（きょうしゅう）や哀惜（あいせき）の甘ったるい印象を排除し、凛（りん）としている。年老いても、一人の女性を一生を懸けて愛し続ける男の真摯な生きざまを感じさせる。

人間ひとりひとりの、ただ一回限りの人生と愛。イェイツの人生に溢れている哀しみを、加藤剛さんは真っ直ぐに受けとめて謳い上げているのだと感嘆した。

「では、第二章の『妖精』が終わりましたので、ここで、一五分ほど休憩しましょう」と、山岸さんが知らせて、加藤剛さんも録音室から出てこられた。

「大森さん、どうですか？」

と、微笑みながら真っ先に尋ねられた。

「素晴らしい朗読で、感激しています」

と、私が微笑むと、加藤剛さんも、いつもの優しい笑顔を返された。疲れの色など、微塵も感じさせない。

「お疲れ様です。すごくいいですね」と、山岸さんが感動したように、加藤剛さんに声を掛けられた。

休憩後は、イェイツのモード・ゴンへの叶(かな)わぬ愛を謳った「愛」の章の詩が三つ続く。どれも、イェイツの前期の詩に見られる夢見がちで、愛惜の感情の詰まった詩群だ。

しかし、愛の詩でありながら、格調が高い。唯一、官能的といえる詩は、二番目の『鴫(しぎ)を咎める』(He reproves the Curlew)である。

しかし、この詩も加藤剛さんは、感情に溺れず、きっちりと冷静に謳う。シューベルトの時の『春の夢』の第四節の最後の「**そして美しいあの人を、燃える口づけを**」では、もう少し声が浮つき、感情が露わだった。

この『鴫を咎める』の四行目から六行目の「**奥底に情熱をたたえた瞳、長くてふっさりとした髪　その髪が私の胸に触れた思い出　ああ、あの思い出が私の胸を突き刺すから**」では、一六編の詩の中では、加藤剛さんも唯一、感情的に表現している。

だが、加藤剛さんの朗読は、感情が露わではない。それがまた余韻を残し、聞く人の胸に切々と訴える。

「**愛**」の詩の三番目の『忘却された美を思い出す』(He remembers forgotten Beauty) も同様だ。出だしの「**私の腕があなたを抱くとき　遠い過去の黄昏に霞んで　今はもうここにいない　いとしき人に私の胸を押し当てる**」の詩句や、最後から七行目の「**あなたが接吻し、なおもまた接吻しながら　溜息を吐く時**」も、官能というより、誇り高い美しさを感じさせるものがある。

どれも、イェイツの忘れられないモードへの想いを描きながら、微塵もセンチメンタルな響きはない。

「**このように蒼白い胸や艶やかな手こそ　この現世よりも遥かに夢に満ちた国からきたもの。この今よりも遥かに夢に満ちた国からきたもの**」を詠む、加藤剛さんの声は気品があり、美しい。

元々、原詩が持っている言葉の美しさもあろうけれど、やはり、加藤剛さんの読み方が気高さを感じさせるように思った。

「その溜息（ためいき）はこの世のすべての人々が露のようにはかなく滅びていってしまうにしても、ただ幾重にも燃え盛る焔（ほのお）、漆黒（しっこく）の闇の中で」を訳す過程において迷った。特に、**“flame on flame, deep on deep”**の**“deep on deep”**のところは、どういう訳語を持ってくるべきか、ずいぶん悩んだ箇所だ。

だが、加藤剛さんの朗読を聴きながら、「漆黒の闇の中で」の訳を当てて、よかったと思えた。

この硬質の言葉が、加藤剛さんに詠んでいただくと、美しく、平伏（ひれふ）した憧れ、彷徨（さまよ）いと失楽の両方の感覚が偲（しの）ばれる。永遠の恋人に注ぐ情熱を表す加藤剛さんの朗読は、まさに、誠実なる言葉の音楽だ。

次は、四章目の最初の詩『仮面』（The Mask）である。イェイツは二律背反（にりつはいはん）の詩人と言われている。生と死、動と静、夜と昼、有限と無限、夢と現実、これら二極の葛藤の中で生き続けた詩人だ。

アイルランドの人々が儚（はかな）さや哀しみの多いこの世において、楽しみを装う顔として、妖精を存在させて、運命的な哀しみを妖精の仕業にして、悲しみから逃れようとしたように、イェイツは極めて臆病（おくびょう）で動揺する自分自身の姿をカバーするためにも、マスクが必要だった。

『仮面』の詩は、イェイツがマスクを掛けて、自己のあるべき姿、真実なるものを謳（うた）おうとした詩である。この詩の問い掛けの部分と、応答の部分の使い分けが、加藤剛さんの朗読は実に上手い。

加藤剛さんは、問い掛けの部分と応答の部分で、声質も読み方も絶妙に変化させる。卓越した手法を採ることで、双方の深層心理の違いを明らかにして、イェイツの本質に迫る。

「そのマスクの下に何があるのか知りたいのです。愛か、いつわりか」の問い掛けの部分には、イェイツの人間としての exile の部分が出ている。

しかし、この詩の応答の部分で、イェイツは変転し流動する人間存在の内部に、自らの実在感を確認する眼を持とうとしている。

「いいえ、あなたの目に見えるままがすべてなのです。それでいいではありませんか、火さえ燃えさかっていればあなたのうちに、私のうちに」と冷静に落ち着いた声で、応答する加藤剛さんの朗読からは、目に見えるものではなく、目に見えないものの中にこそ本当の真実があるのだと主張するイェイツの声が聞こえてくる。

この詩を詠む加藤剛さんは、イェイツをすでに越えているかのように感じさせるほどであった。加藤剛さんの朗読を聴きながら、私の心は打ち震えた。

こうして、いよいよ一六編の詩の最後の朗読となる。『叡智は時とともに訪れる』(The Coming of Wisdom with Time) である。

イェイツの後期の詩は、表現やスタイルも簡潔になって、余計な飾りや説明をかなぐり捨てたものになっていく。

反面、精神が内向し複雑化して、哲学的で難解な詩が多いとも言われる。この詩の冒頭の「**葉は多いが根は一つ**」とは、葉も花も幹も、対象を一つの全体として捉えようとする、イェイツのいう「存在の統一体」である。

イェイツ自身が、叡智と永遠の探求ののちに、有限と無限、永遠と一瞬、自我と無我の統一を見出した点で、イェイツの詩は生き生きとしたものになっている。

長い間、二律背反の詩人と言われていたイェイツが、晩年は「一九世紀を過ぎる今」で謳ったように、小石たちの鳴る音を分析し、思索し、結晶させていく。

過去の様々な事象が融合し、調和し、新たなる道を開いてくれる豊穣（ほうじょう）なる泉を、イェイツは自分自身の中から湧き出させていく。

『叡智は時とともに訪れる』の詩は、時、美、川、すべて変転し流動していく外界の認識と、自らの実在感の確認とが、イェイツ自身の叡智によって、美しく調和、統一されている詩だ。

「**青春の偽り多い日々を通し　私の葉と花を陽の光の中で揺らした。今、私は真実のみに生きていける**」と、詠む加藤剛さんは、イェイツの生涯を通じて模索（もさく）し続けた実在の確かな手応（てごた）えをこの詩の短い言葉の中に凝縮（ぎょうしゅく）させる。

今までの人生における偽りの虚飾（きょしょく）を捨てて、真実のみに生きていけるというイェイツの真骨頂（しんこっちょう）を清々（すがすが）しく謳い上げている。

この詩自体がとてもいい詩ではあるが、加藤剛さんの声も響きも、生き生きとしたものを感じさせる。

朗読の最後の言葉が終わった時、静謐だが揺るぎのない真の確かさを感じさせる響きが残った。私自身が加藤剛さんの声の余韻を感じながら、深い瞑想の境地になっていた。言葉にできないほど深い感動が残った。

この詩は、イェイツ自身が魂のうねりの中でやっと辿り着いた境地だ。加藤剛さんの辿り着いた境地にも思える。

こうして、一六編の詩を通して聴いてくると、まるで、加藤剛さんという一人の人間の長い道程を謳ってきたかのような気さえしてくる。

それだけ、加藤剛さんが、イェイツの人生や想いを深く汲んで、胸に刻んで、イェイツの心になって朗読をしてくださったのであろう。


加藤剛さんが、録音室を出ていらした時、私はかなり興奮していた。

「素晴らしい朗読でした。感謝しております」

「旨くできていましたか？　大森さんの思うような朗読になったでしょうか」

加藤剛さんは、疲れた顔などまったく見せずに、涼し気に微笑んでいた。

その後、加藤剛さんは、気になられる点があってか、シューベルトのＣＤの録音の時と同じように、「もう一度お願いできますか」と、山岸さんに丁寧に頼まれて、何ヵ所か朗読をし直された。

加藤剛さんの奥様も傍(そば)から幾つか、気になる点を指摘なさった。

「『さらわれた子供』の『苺(いちご)』のアクセントは尻上がりの『苺』ではないかしら」

「尻下がりの苺？　尻上がりの苺？　尻上がりの苺のほうがいいですかね」

加藤剛さんは、そこももう一度、朗読し直された。

奥様は、きっといつもこうして、陰で加藤剛さんをサポートされていらしたのだと思った。まさしく鴛鴦夫婦(おしどりふうふ)である。

奥様は昔、伊藤牧子の名前で声優をしていらしたそうで、朗読についても学んでおられたのかもしれない。ご主人である加藤剛さんに、遠慮なく、適切なアドバイスができる方は奥様だけかもしれない、と思った。

終了は、当初の予定を大幅に延長し、午後の二時半を回っていた。

加藤剛さんと奥様を、山岸さんらとスタジオの出口でお送りした。

その後、私は、表参道の道を歩きながら、小躍りしたいような心持ちだった。独りルンルンした気分で、地下鉄の駅に向かった。

その夜は、今泉さんから受け取ったばかりの朗読の音源の入ったカセットテープを聴きながら、幸せな思いで眠りに就いた。

第六章　加藤剛さんのイェイツの訳詩朗読を聴いて

1

翌日、私はさっそく、芦田さんに、まだ興奮冷めやらずで電話を架けた。

「昨日終わった加藤剛さんの朗読はとても素晴らしかったの。シューベルトの時よりも遥（はる）かに素晴らしかったように思ったわ」

「恵子さん、それはおよろしかったわね。どこがどう良かったの？」

「『妖精』の章の最初の詩なのだけど、『さらわれた子供』のリフレインの箇所の朗読を聴いていた時、まさに、ここだ！　と思ったわ」

「どうして、そこが良かったの？」

「『さらわれた子供』の、各節の終わりにリフレインされている『**こちらにおいで！　おお、人の子よ！　いっしょに行こう、湖や荒野へ　妖精と手に手をとって　この世は思いのほかに悲しいことで一杯だから**』に来ると、加藤剛さんの声は、それまでの三詩のどの朗読の雰囲気（ふんいき）とも、がらっと変わるの」

「リフレインの箇所だけとは、それはまたずいぶん凝っているわね」

「『さらわれた子供』の中でも、このリフレインの部分を詠まれる時だけ、加藤剛さんは、別人のように変身するのよ」

「加藤剛さんは、リフレインの詩句を詠む時、どんな風に詠まれるの？」

「加藤剛さんは、子供が妖精に攫われていく場面であっても、哀しみだけを強調することを避ける。声色を変え、この上ない優しさで、むしろ優し過ぎるくらい優しく、柔らかな抑揚を付けるの」

「早くお聴きしてみたいわ。どんなに変身しているのか」

「声の音色と読み方がイェイツの歓びと哀しみが溶け合わされたものが現世である、との想いをより一層、際立たせているわ」

「早く、私もその朗読を聴かせていただきたいわ」

「ケルトの宗教が魂の不滅性と輪廻転生を説くものであることを、イェイツはドルイドと呼ばれた古代ケルト宗教の神官が口承した物語から発見するの」

「イェイツの文芸復興活動の始まりが、古いケルトの口承物語の発掘にあるのね」

「たくさんの神々がアイルランドの大地の其処彼処にいて、それがそのまま妖精になったとも言われているのよ。アイルランドの妖精たちは、死なないで何百年も生きている。妖精の一年が人間の九百年に当たるそうよ」

「そんなに妖精って長生きなの？　全然知らなかったわ」

「何百年も生きているとエネルギーが弱まってくる。そこで、この詩に謳われるように、妖精の代わりに人間の子供を育てようと思い立ち、子供を誘拐する妖精もいるらしいわ」

「妖精でもいいものばかりではないのね。それも初めて知ったわ」

「人攫いの悪い妖精たちでも、加藤剛さんの朗読を聴いていると、葦間に漂う妖精たちが可愛らしくも映る。人の世は哀しいからこそ、アイルランドの人々は儚い人生に、楽しさを装う妖精たちの神秘的で幻想的な世界に思わず引き込まれそうになるのでしょうね」

「アイルランドの人々って、西には楽園があると信じていたと、聞いた覚えがあるけれど、辛く儚い現世への想いが、妖精や西の楽園に向かわせたのね」

「太陽も西に沈むでしょ。アイルランドの夕陽ってすごい大きさなのよ。あの太陽を見ると、人々が西方に夢を馳せる気持ちもわかるわ。日本でも、極楽浄土って西方でしょ」

「アイルランドの人々の情緒と日本人のもののあわれと似ているのかしらね」

「加藤剛さんのリフレインの詩句を聞いていると、加藤剛さんが妖精の化身となって、人間界の人々の哀しみを慰め、励ましてくれるような気がしてくるわ。珠玉の朗読だと思う」

「加藤剛さんの妖精って、どんな妖精でしょう？　面白そうね」

「驚くのはね、原詩ではまったく気づかなかったことを発見したのよ」

「新たなる発見があったのね。どんなことか、聞かせて」

「『さらわれた子供』の詩の中の、月の光、白鷺や牛や鼠や鱒、苺や桜桃、葦や羊歯など、私たちのまわりにある自然の微かな囁きにも、イェイツが耳を傾けている点よ。小さな慰めを見出そうとする素朴で優しい心が、加藤剛さんの朗読によって、浮かび上がってくるの」

「自然に対する心も、イェイツはシューベルトと同じだわね」

「『妖精』の章の二詩目の『宙の妖精たち』（The Host of the Air）でも、妖精たちに攫われていく花嫁を謳っているのだけど、ここでも、三節目と一一節目に、イェイツの悲しみと喜びの混じったものが現世であるという想いが『**かつてあんな悲しい音色はなかった、あんな楽しい音色もなかった**』という詩句でリフレインされているの」

「妖精って、子供だけではなく大人も誘拐するのね」

「ほんとうに妖精が花嫁を攫ったのかどうかは分からないのだけれど、アイルランドの人々は、この世の悲しいことはみな、妖精のせいにして慰めようとするところもあったみたい」

「どんなに悲しい運命的な事件が降り掛かっても、妖精の仕業にしてしまえば人々の心が救われるのかもしれない」

「加藤剛さんの声の調子は、悲しい音色、楽しい音色、どちらを強調するでもないの。だって、悲しい音色は哀しみ、楽しい音色は喜びと、悲しみと喜びって、短絡的に定義づけられるものではないのがこの世界でしょ」

「そう言われればそのとおりだわ」

「この世界は、喜びと悲しみが背中合わせのようになって同居している。加藤剛さんは、悲しいできごとも気張ることなく、大袈裟でもなく、淡々とイェイツの感慨を詠んでいる感じで、そこがまたいいの」

「加藤剛さんにも、イェイツのこの世界の認識がよくわかっていらしたのね。きっと」

「この世は、無理に意識しなくても、現実を描くとなると、結果として喜びと哀しみの断定を避けることになると思うの。こうしたイェイツの実人生への想いも、加藤剛さんは充分に理解しているように思えた」

「そういうところが、恵子さんが加藤剛さんはイェイツを熟知されていた、と仰（おっしゃ）る一番の理由なのね」

「加藤剛さんは、たくさんの演劇を通して、人間の喜びと悲しみのたくさんの経験を積まれてきた方だからね。『さらわれた子供』と『宙の妖精たち』のリフレインの詩句では、人生を熟知された加藤剛さんならではの、圧巻（あっかん）の朗読よ」

「きっと、素晴らしい朗読なのでしょうね。あと、恵子さんが感動された朗読は、どんな詩があったの？」

「『妖精』の章の最後の詩の、『さまよえるイーンガスの歌』(The Song of wandering Aengus)」

「イェイツの『さまよえるイーンガスの歌』って、聞いたことがあるわ。そうそう、映画『マディソン郡の橋』で、フランチェスカがキンケイドを夕食に誘うため、橋の入口にぶらさげた紙切れに書いた言葉『白い蛾が羽をひろげる時』は、イェイツの林檎（りんご）の花の夢を謳った詩から採っていたのよね」

「アイルランドでは林檎の花は青春の象徴で、イーンガスとはアイルランドの上代の神話の中に見られる妖精で、美と愛の神を意味するのよ」

「イーンガスって妖精だったの。それも初めて知ったわ」

「でもイェイツにとって、林檎の少女は夢の中だけが現実で、夢から醒めた途端、白昼には幻の彼方に消えてしまうの」

「青春のシンボルである林檎の少女が消えたと表現しているのは、イェイツの青春も消えたわけね」

「加藤剛さんは、過ぎ去った青春の哀歌を、どこか爽やかに清々(すがすが)しく歌い上げている。最終節の『**私は盆地や丘をさまよい歩き、年をとってしまったが、彼女の行方を探し求めて、その唇にくちづけし、その手に触れたい。丈高い雑草を分けて歩き、時が尽きるまで摘みたい　銀色の月の林檎と、金色の太陽の林檎を**』の部分が引き締まった口跡のためかもしれないわ」

「銀色の月の林檎と金色の太陽の林檎を摘むなんて、ロマンティックだわね」

「綺麗でしょ。加藤剛さんの読み方は郷愁(きょうしゅう)や哀惜(あいせき)の甘ったるい印象を排除し、凛(りん)としている。年老いても、一人の女性を一生を懸けて愛し続ける男の真摯な生きざまを感じさせるわ」

「その詩も加藤剛さんにぴったりみたいね」

「人間ひとりひとりの、ただ一回限りの人生と愛。イェイツの人生に溢れている哀しみを、加藤剛さんは真っ直ぐに受けとめて謳い上げているのだと感嘆したわ」

「いただいたお電話を長くしてごめんなさい。何だか面白くて、もっと伺いたくなったの。いいかしら？」

「ちっとも、構わないわ。私も芦田さんに聞いていただけて嬉しいわ。心に残った朗読はたくさんあるけど、第四章目の最初の詩、『仮面』（The Mask）が良かったわ」

「それはまた、どういう意味で『仮面』が使われているの？」

「イェイツは二律背反（にりつはいはん）の詩人と言われている。生と死、動と静、夜と昼、有限と無限、夢と現実、これら二極（にきょく）の葛藤（かっとう）の中で生き続けた詩人なの」

「シューベルトについても、二極の相を恵子さんは語っていらしたわね」

「アイルランドの人々は儚（はかな）さや哀しみの多いこの世において、楽しみを装う顔として、妖精を存在させた。同じように、イェイツは極（きわ）めて臆病（おくびょう）で動揺する自分自身の姿をカバーするためにも、マスクが必要だったのね」

『鷹の井戸』

「仮面て、英語のマスク？　ペルソナの訳語もあるでしょ？　日本の能の面の意味も、あるのかしら？」

「ペルソナの意味も、あるわね。日本の能にイェイツが関心を抱いたのもその辺かしら？　イェイツは『鷹の井戸』（松村みね子訳、角川文庫、一九八六年）という、能の影響を受けた作品も作っているわ」

『鷹の井戸』が日本で演じられていたのを、知っているわ」

「でも、いくらイェイツがマスクを被って『仮面的人物』になりえたにしても、マスクはペルソナ（自己）でもあるのだから、主体、自我まで消去する詩作は難しいところもあるでしょ」

「『仮面』の詩は、イェイツがマスクを掛けて、自己のあるべき姿、真実なるものを謳おうとした詩。この詩の問い掛けの部分と、応答の部分の使い分けが加藤剛さんの朗読は実に上手いの」

「『仮面』の詩は構想が面白そうね」

「加藤剛さんは、問い掛けの部分と応答の部分で、声質も読み方も絶妙に変化させて、双方の深層心理の違いを明らかにして、イェイツの本質に迫っていたわ」

「『仮面』の詩の原詩が分からないと、お話を伺っていてもうまく想像できなくて残念だわ」

「『**そのマスクの下に何があるのか知りたいのです。愛か、いつわりか**』の問い掛けの部分には、イェイツの人間としてのexileの部分が出ているの。しかし、この詩の応答の部分で、イェイツは変転し流動する人間存在の内部に、自らの実在感を確認する眼を持とうとしている」

「イェイツの中に二人の自分がいるのかしらね」

「後期のイェイツは、『仮面』や『言葉』といった表層のものには惑わされないの。あるがままを見据え、仮面の底に潜む魂を感じ取ろうとするの。表現やスタイルも簡潔になって、余計な飾りを捨てた、研ぎ澄まされた言葉になっていくの」

「思うに、人間て、歳をとって研鑽を積むほど要らないものは削ぎ落とされていって、これだけが大切、これだけは失えないというものが見えてくるのではないかしら」

「超越感とでも形容すべきものかもしれない。この一語に、この表現に詩人の全人生を託す、という風になってくるのだと思うわ」

「そうすると、言葉にしても思想にしても、余計な修飾は必要なくなって、自己を素っ裸にしても恥じないほど純粋になっていけるのではないかしらね」

「イェイツの内面の変化による後半の詩は、悲壮感に陥ることもなく、無理に諦念を抱くこともせず、苦しみも矛盾もありのままに受容していこうと苦闘する方向になっていくのよ」

「だけど、簡潔であるがゆえに、詳細な説明がないだけに、読み手が詩人と同レベルの域まで達していないと真の理解は難しいと思うわ」

芦田さんは、感慨深そうに言葉を選んでいた。

「**『いいえ、あなたの目に見えるままがすべてなのです。それでいいではありませんか、火さえ燃えさかっていれば　あなたのうちに、私のうちに**』と、冷静に落ち着いた声で応答する加藤剛さんの朗読からは、目に見えるものではなく、目に見えないものの中にこそ本当の真実があると主張するイェイツの声が聞こえてくるようだった」

「加藤剛さんご自身もそう思われたのね。きっと」

「マスクを着けて応答する声は、加藤剛さん自身でもある、と思った。加藤剛さんに誘われて、人間あるがまま、見えるがままでいい、という境地へと、私たちをも高めていってくれる。そのような気さえする、純粋で透明感のある朗読だったの」

「そんなふうに朗読から思えるなんて、すばらしい朗読なのね」

「この詩を詠む加藤剛さんは、イェイツをすでに超えているかのように感じさせるほどだったわ。加藤剛さんの朗読を聴きながら、私の心は打ち震えたわ」

「恵子さんのお話を伺っているだけで、加藤剛さんの朗読には迫力があったと想像できるわ」

「『仮面』の章のもう一つの詩『言葉』（Words）の朗読も心に響くものがあったわ」

「『言葉』？　それは、また面白い題ね」

「イェイツの初恋の女性、モード・ゴンへの叶わぬ想いは、絶えずイェイツを苦しませたの」

「イェイツって、モード・ゴンの存在をずっと忘れられなかったのね」

「『白い鳥』で謳ったモード・ゴンへの夢は、『消えることのない哀しみ』を与える夢。恋い慕う人に絶対に届かない想いを寄せ続けることは、詩人にとって哀しみであり、痛み」

「モード・ゴンはイェイツのファム・ファタールね」

「しかし、詩人にとってはこの痛みこそ、現実界を超越できる永遠界と結ぶ唯一の証で、尽きることのない真の想像力の源となりうるもの」

「悲しみを昇華（しょうか）していった果てに、イェイツが辿り着いた境地なのね。どんな芸術も、根底には作者自身の悲しみの昇華があるのかもしれない」

「イェイツのモード・ゴンへの哀しみは、イェイツにたくさんの詩を生ませた。届かぬ理想へのもどかしさが、イェイツに尽きることのない言葉を生み出させたわ」

「イェイツの一生を苛（さいな）んだ悲痛を思うと胸が痛むわね」

「でも、孤独な境遇がイェイツを鍛え、苦悶する精神の世界は美しい詩となったの。また、詩作を通して、イェイツは自己を作っていったといえるのよ」

「恵子さんのお話を伺っていると、イェイツという人自身もすごい人ね」

「イェイツは高らかに謳うのよ。『**とうとう私の愛するひとはみんな分かってくれた。それは私に力が培（つちか）われて　言葉が思うままになるからだ**』と」

「イェイツも随分、立派に回生していったわね」

「加藤剛さんも、ここの詩句を詠む時は、明るく自信を持った感じで、声も高く膨らむの。清々（すがすが）しくね」

「でも、愛する人は、なぜもっと早くイェイツをわかってあげられなかったのかしらね。イェイツも、現実には、若い頃にモード・ゴンに愛が届いてほしかったはずだわね。誰も、理想や夢に届かぬよりは、届いたほうが遥かに幸せであるに違いないのだから」

「そんなイェイツの深い心理を読み解くように、加藤剛さんは、『**彼女がはじめから分かってくれていたら　篩（ふるい）から何をふるい出していただろうか。私はまずしい言葉を吐いて　生きるこ**

とに満足していたかもしれないのだから』と、この詩の最後を、寂しさや自嘲をひたすら潜めて、毅然と読み終えている。この詩も抑制が利いている故に、感動を呼ぶ朗読になっているわ」

「加藤剛さんは、イェイツの深い深層心理をきちんと汲み取られているのね。イェイツの後半の作のほうで、印象深い詩はあった？」

「イェイツの後半の作品を詠む、加藤剛さんの朗読もますます円熟味を増していったわ。最後の章『叡智』の朗読に至っては、感激ばかり」

「『叡智』の章には、どのような詩があるの？」

「第一詩目の『老漁夫の瞑想』(The Meditation of the Old Fisherman) で、イェイツはアイルランドのスライゴー湾のあたりの純朴な老漁夫を借りて、昔と今を対比させて謳っているの」

「イェイツは、一九世紀のイギリス物質文明には批判的だったわよね」

「イェイツの中に、痛めつけられるような現実の厳しさに対する思いが深くあった。去ってしまった幼い頃に対する思い出から、現在の物質時代の体験の苦さ、激しさを、はっきりと浮かび上がらせているわ」

「加藤剛さんがそれをどんな風に詠まれたのか、とても興味があるわ」

「加藤剛さんは、詩の最初から、明確に老人に似せた声に変えて朗読を始めているの」

「『さらわれた子供』と同じように、声を変えたのはリフレインの箇所だけ？」

「今度は、詩が終わるまで声の調子は一貫しているの。おそらく加藤剛さんは、詩に合うようにと考えて、工夫を凝（こ）らされ、朗読に臨まれたのでしょうね」

「詩の全部を老人の声にされたのね。きっと理由があるのね」

「イェイツはアイルランドがイギリス近代化の恩恵を受けはしても、同時に機械文明が齎（もたら）す精神的不毛、物質の豊かさや科学での発達では解決できない人間の心の謎といったものがあるはずだと必死に悩んできた」

「イギリスの一九世紀末は、ダーウィンの進化論から始まる物質文明、機械文明により、一見、華やかな発展があっても、資本主義の歪（ひず）みを感じている人々も多かったと思うわ。イェイツもその一人だったのね」

「イェイツは現実的な世界が抱える重荷に気付き、同時に想像力こそが物差（ものさ）しで、詩を書くことで、それを位置づけられる方向に向かえるのではないかと考えるようになったの」

「イェイツのそんな考えを朗読で表すのは難しいでしょうね」

「この詩には、『**わがこころに悲しみのひびがなかった　幼い頃は**』が各節の最後にリフレインされている。古き良き時代のスライゴーを惜しむ詩人の想いが、加藤剛さんの老人に扮した声によってより臨場感（りんじょうかん）を持って偲（しの）ばれるのよ」

「この詩も、ぜひ聴いてみたいわね」

「この章の二つ目の詩は、『あなたが歳をとって』（When You are Old）。ここでは、イェイツの転身が見られる詩なの」

「イェイツは、さっき『仮面』の詩でも『言葉』の詩でも転身が感じられたけど、この『あなたが歳をとって』ではどのような転身なの？」

「書かれた時点ではモード・ゴンは若いのに、イェイツは『(彼女の) うつろう表情の奥にある哀しみを愛した』と、“loved”と過去形を使っている。想像力によって、未来に飛躍したイェイツが今を謳っている。なおかつ、未来から現在を追想しているのよ」

「未来から今を謳うとは、理解しづらいわね」

「多くの人はその女性の外面を愛したのに、一人の女性の生涯を通して、イェイツだけが、**『あなたのなかの尋ね求める魂そのものを愛した、そしてそのうつろう表情の奥にある悲しみを愛した』**ことをイェイツは誇らしく思うだけだ、と謳うの。いつの日か、モード・ゴンが年老いた時に、そんな自分を思い出して欲しいという祈りね」

「それも、また、ちょっと寂しい感じがするわね」

「ここでは、寂しさより、イェイツは失われた愛を達観した次元で謳っているの。加藤剛さんの朗読も、すでに、愛の成就（じょうじゅ）を諦めてしまっているような静かな諦観（ていかん）さえ感じられる。その諦観を含んだ加藤剛さんの凛（りん）とした声の響きから、女の中の魂と哀しみを愛したと宣言できうる男の情熱と真摯（しんし）さ、矜持（きょうじ）を浮き彫りにするのよ」

「こんな男性に、生涯にたった一人でもいいからお目に掛かりたいものね。女性としては、これ以上の幸せはないであろうと思えてくるわ」

芦田さんはうっとりとした様子で話している。

「**『あなたのなかの尋ね求める魂そのものと、うつろう表情の奥にある哀しみを愛した**』の詩句の朗読を聴くと、イェイツと加藤剛さんが思わず重なってきて、一瞬ドキッとしたわ」

「恵子さん、確かに、その詩句は素敵だわ。ドキッとするのも分かるわ」

「イェイツは、もはやモード・ゴンを時に束縛（そくばく）されない永遠の女性として刻むの。致命的とも言えた生涯の危機を自ら乗り越えていくの。イェイツの限りなきものへの賛歌は、限りあるものへの愛の詩であったのよ」

「イェイツは現実と非現実の間を揺れながらも、詩に刻む手法で、ようやくの思いで、薄明の世界からより普遍的で、より深淵な世界へ歩み出していったのね」

「『叡智』の章の三番目の詩は『人生は歳月とともに円熟する』(Men improve with the Years)の詩。流れの中で風化した大理石像にイェイツは自分自身を変身させている。流れに立ち、水を統御する大理石の海の神のイメージは、イェイツの変転する現実界への開き直りの表明ともとれるわ」

「仮面を外したイェイツは、今度は大理石の神に変身するのね。色々試行錯誤して、魂的なものを求め、苦悩するイェイツが手に取るようにわかるわ」

「日本ではイェイツの前半の夢想的な詩のほうが多く読まれてきたよう。けれど、初期の詩は脆(もろ)い薄明に包まれた個人的な傾向の詩が多く、多くの評論家はイェイツの後期の作品に現代詩としての評価を置いているわ」

「恵子さんの本はイェイツの作品順に編集しているの？」

「『愛と叡智』の中に一六編の詩を収録しているけれど、大きな流れとしては、イェイツの詩作の初期、中期、後期と作品順に解説している。多少、前後して載せている詩もあるけれど」

「最後の『叡智』の章の詩は、イェイツの後期の作品になるわけね」

「『人生は歳月とともに円熟する』は後期の代表作よ。イェイツは、失われていくもので満ちている歳月の中に、自らの栄光、はかない愛、魂の永遠性を大理石に結晶させようと願う。イェイツの外界の流動を描くイメージ群として、海や水があるの」

「流れゆくもののシンボルとして海や水を思いついたのは、イェイツらしいわね」

「この詩にある大理石のように、イェイツは流れに反して、ひたすら固定のイメージを捉えて、魂の不滅性(ふめつせい)を希求(ききゅう)する」

「でも大理石って、冷たくて動かないのでしょ？　それもまた侘しくない？」

「確かに、不滅なるものを得るためには一方で、『**ああ、燃える青春だった頃、私たちが逢えていたならば！**』と詩人が嘆くように、青春の情熱を捨てて大理石の冷たさの上に静止し、耐えねばならないことのもの悲しさも告げているわ」

「流れの中で、時の浸食と水の浸食の両者に身を委(ゆだ)ねて、風化していく大理石像に擬(なぞら)えずにはいられないところに、イェイツの侘しさを感じるのね」

「自分自身を自嘲的に謳わなければならなかったイェイツに、アイロニカルな哀しさも感じられるわ」

「自嘲的という言葉が合っていそうね」

「しかし加藤剛さんの朗読は、その哀しさを、ここでも抑制した語り口で表に顕わさないの。**『時の流れにさらされて、風化する大理石の海の神のように』**と、最後に静かに言葉を閉じる。そこには、加藤剛さんの祈りさえ感じられたわ」

「加藤剛さんの朗読の重みが、ますます感じられるわね」

「加藤剛さんは、イェイツがあくまでも魂のeternityを最後まで求め続けた、ロマン派詩人としての精神を評価したかったのでしょう。だからこそ加藤剛さんは、もの悲しさや自嘲的に謳うのを避けたのだろうと、最後の詩句の朗読を聴いていて思ったわ」

「加藤剛さんがあくまでも、魂のeternityを求め続けるイェイツのロマン派詩人としての精神を評価するのも、わかる気がする」

「イェイツの考える真理とは、現実の世界（感覚的なものや肉体的なもの）を越えて魂の美と形の美が一致する相に至ること。イェイツは、世俗的なもの、感覚的なものを脱却して、知性によって魂をより純粋なものに昇華させ、永遠の芸術品にまで高めたいと欲しているのよ」

「加藤剛さんも、そこに賛同されたのではないかしら」

「詩人と役者とでは、表現の仕方は異なるにしても、共に芸術の世界に生き、至高の美を求め続ける人間として、加藤剛さんは、イェイツの魂の不滅（ふめつ）の希求（ききゅう）に深い共感を抱かれたのではないかと、私も思ったわ」

「イェイツの後半の詩は、読み手が理解するのに難解と言われているわ。けれど、『叡智』の章の詩はなかなか優れているわね。言葉が減り、研ぎ澄まされて言葉だけが残ると、読む人には、その言葉に説明がない分、解りにくくなるのも理解できるわ。だけど、理解できた時には感動ね」

「そうでしょ。『叡智』の章の四番目の詩、『一九世紀を過ぎる今』(The Nineteenth Century and After) も素晴らしい詩なのよ」

「どんな詩なのかしら。今から一〇〇年ちょっと前になるのね」

「この詩でも、水という流れていく外界のイメージに対比させて、小石という固いイメージを設定する。イェイツの不動への憧れは、変転、流動する現実界に対するイェイツ自身の実存を確認したい願望でもあったのね」

「先の『人生は歳月とともに円熟する』の詩では、詩人が人間として歳を重ね、円熟しつつも、詩人の嘆きを引きずったままのように見えたけれど」

「しかし、この『一九世紀を過ぎる今』の詩には、流れていく水を認めながらも、イェイツはその流れの底に聞こえる微かな小石の擦（す）れ合う音にも耳を傾けるの。イェイツの精神の目覚めが感じられる。短い詩だけれど、加藤剛さんの清澄（せいちょう）な響きの朗読には、叡智を感じることができたわ」

「加藤剛さんは、どんな風に叡智を謳われたの？　興味深いわ」

「**『あの大いなる歌はもう二度と戻ってはこない。けれど、わたくしたちの今、持っているものにも　胸に響く歓びがある――耳をすましてごらん！　岸辺の、引いてゆく波の下で　小石たちの擦れ合う調べを』**。特に、**『胸に響く歓びがある！』**の加藤さんの声は、柔らかく膨らんでいく抑揚とともに、限りなく澄んだ響きが聞こえるの」

「その部分の加藤剛さんの朗読を聴いてみたいわ」

「イェイツがやっと到達できた歓び、達成感でしょう。この詩句を加藤剛さんが読み終えた時、涙が溢（あふ）れたわ」

「そこにはもう、ゆるゆる夢見ているイェイツも、哀しみにくれているイェイツもいない。『人生は歳月とともに円熟する』の大理石像のような居直りやアイロニーも、もうないのね」

「時間のうつろいに流されて自然淘汰（とうた）され、あらゆるものが削（そ）ぎ落とされていく。反対に、それでもなお、そこに揺蕩（たゆた）いに堆積し、発酵し、結晶化されるものがある。最後に残されたもの、それこそがその人の全人生の魂となっているのでしょう」

「恵子さんからずっとイェイツの詩作のお話を伺ってくると、今、恵子さんが話される言葉が胸に染みるわ」

「加藤剛さんの朗読は、イェイツのうたを謳いながら、実はご自身の人生、これまでの長きに亘る俳優人生に対する想いをまるで重ねて謳っているように思えた」

「加藤剛さんは朗読をされながら、イェイツにご自身を重ねられたのかしらね」

「どこまでも清らかで透明感が溢れている。こんなにイェイツの詩の心をきちんと形にできうる加藤剛さんとは、いったいどんな方だろうかと改めて思ったわ」

「イェイツの心を形にできるって、口でいうほど簡単ではないわよね」

芦田さんは、感心したような声を出している。

「おそらく加藤剛さんは、長い歳月を掛けて、ご自身の中の思考と情念を研ぎ澄まして、言葉を音にまで高めていった方なのでしょう。この力こそ、加藤剛さんの人間として生きる叡智ではないだろうかって考えたわ」

「あなたの仰った、加藤剛さんの朗読に叡智が感じられるというのは、その意味だったのね。わかりました」

芦田さんはやっと納得した感じで、声が綻んだ。

「最後の**『岸辺の、引いてゆく波の下で　小石たちの擦れ合う調べを』**の加藤さんの朗読を聴いた時、イェイツが若い日に謳った**『岸辺に寄せる波の調べが低くひたひたと聞こえるから』**の詩句を思い出したわ」

「『イニスフリーの湖島』の詩の中の詩句ね」

「加藤剛さんが耳をすませて聞こえた小石たちと擦れ合う波の調べは、『イニスフリーの湖島』で聞いた波の調べであったと思う。きっと、詩人の中で、イニスフリーの波の調べは、どれだけの時間が流れたにしても、**『私の心の奥深いところでその波の音が絶えず聞こえる』**のだと思う」

私は、芦田さんに、『イニスフリーの湖島』の中の波の調べを語りながら、遠い日に聞いた波音の記憶は詩人の心の奥深く残り、永遠の魂となっているのではないかと思った。

「長いお時間を取らせてしまいごめんなさい。でも、イェイツも、加藤剛さんの朗読の素晴らしさもよくわかったわ」

芦田さんは、嬉しそうな声で電話を切った。

2

二〇〇四年五月、加藤剛さんから手紙を頂いた。そこに同封されていた、《五三会》の会報に載せられた加藤剛さんの朗読についての文章を読み、驚き感激した。

加藤剛さんの表現者としての姿勢や生き方が窺える文章である。朗読に対峙する真摯な姿勢と、イェイツをはじめ、引き受けられた朗読の作品愛への経緯が誠実に表現されている。

加藤剛さんの人間的魅力を再確認する素晴らしい内容だと思った。

2004年（平成16年5月）　《GOSAN会》会報 第24号

《五三会》事務局発行
加藤剛後援会事務局
〒240-0002
横浜市保土ヶ谷区宮田町1-11-18
TEL/FAX. 045-333-2450

私は忘れない

加藤剛

このところ朗読の仕事が増えました。近くCDになるものだけでも「愛と叡智―イエーツの世界」（ビクター・思潮社）、尾崎喜八（大正・昭和の詩人）の詩・エッセイ（キング）、志賀直哉の小説「和解」（新潮社）などとたくさんあります。

芝居は宿命的に集団作業ですが、朗読はその文学世界に一人の人間として自分が向き合う。たった一人の孤独な仕事です。両方とも役者にとっては必要な時間でしょう。ひとたび朗読の仕事をお引き受けすると一人こもって、まるで一本の芝居を稽古する勢いで何十時間もかけ、収録の日は軽いマイクテストと打ち合わせの後いきなり本番テイクをする――それが何となくこの頃の私のやり方となりました。大切なのは実は「孤独」の長さの方だったのです。「まるで劇場に行っているみたい」と、「和解」のスタッフが言って下さいましたが、私自身もいつでもそんな錯覚で録音後のスタジオを後にしていました。「和解」四回目の最終録音を終えたのは四月十四日です。

《五三会》の会報に載せられた加藤剛さんの文章
（2004年5月）

恐らく加藤剛さんは、私の訳したイェイツの詩の朗読も、何十時間もかけて、一人お部屋にこもって、孤独と向き合いながら練習してくださった、と知る。

加藤剛さんの「大切なのは実は『孤独』の長さの方だったのです」という会報の文章を噛みしめながら、イェイツの訳詩朗読の収録の日をしみじみと思い返した。

加藤剛さんは、イェイツの世界に、加藤剛という一人の人間として、全身全霊で向き合ってくださった。加藤剛さんのあの素晴らしい朗読は、こうした加藤剛さんご自身の孤独と向き合う中からこそ、生まれ得たもの。

私は掛け替えのない宝物を加藤剛さんから頂けたような気がして、深い感慨が胸を覆った。同時に、心の向き合い方が加藤剛さんにどこか共感するものが自分にあるのを改めて知った。

第七章　『愛と叡智・イェイツの世界』が出版されて――加藤剛さんのおかげ

1

原詩の朗読は、三年前くらいから知己の、早稲田大学の教授でイギリス人のＡ・Ｊ・ピニングトン先生に依頼することにした。

「イェイツの詩を一六篇、朗読していただけますか？」

と、早稲田大学の先生のお部屋をお訪ねした。

先生にはその場で「いいですよ」と、快くお返事をいただけた。

「イェイツの詩は韻がとても綺麗です。イェイツの詩の原詩朗読をぜひともＣＤにしたいと思っておりました。先生にご快諾いただけてほっとしました」

また、日本語の訳詩の朗読にアイルランド民謡の演奏をＢＧＭとして流したいと考えていたので、アイリッシュ・ハープの演奏者を探していた。

大学時代の後輩の森本峰子さんがハープを練習されていたのを思い出した。

「森本さんは、前にハープを練習されていると伺ったけれど、どなたか先生に習っていらっしゃるの？　もし、ご存じの先生がいらしたらご紹介いただきたいのだけど」

と、森本さんに問い合わせる。

運よく、森本さんから、「アイリッシュ・ハープではないけれど、私が習っているハープの先生なら伺ってみるわよ。芸大を卒業されている先生で、とてもお上手よ」

と、市瀬薫さんをご紹介いただいた。

「嬉しいわ。有難う。ハープの演奏をお頼みできる方がなかなか見つからなくて困っていたところなの」

さっそく市瀬さんにお電話をすると、「アイルランド民謡を調べてみましょう。詩に合う曲がいいので、訳詩の原稿と加藤剛さんの朗読のテープを貸してもらえますか？」と頼まれた。

さっそく船橋の市瀬さんのお宅まで、原稿とテープを持って行った。

市瀬さんは三〇歳くらいで、乳幼児を抱えた元気なママさん先生であった。色白で、長い髪をポニーテールにされていた。

「今、アイルランド民謡を二〇曲くらい選んだところです。いい曲がたくさんありますよ。加藤剛さんの朗読を聴いて、イメージの合う曲をそれぞれの詩に当ててみます」

「お手数をお掛けして申し訳ありません。アイルランド民謡のBGMは、訳詩も朗読も生かす要素になるのでよろしくお願いいたします」と、私は頭を下げた。

「日本語の訳詩朗読と英語の原詩朗読の間に間奏曲を入れたほうが良いと思います。出だしとエンディングにも」

「そうですね。どんな曲がいいのでしょうか？　やはりアイルランド民謡でしょうか？」

「アイルランド民謡の素敵なのがありますから、出だしと間奏とエンディングには、アイルランド民謡がいいと思います。聖パトリックデーの曲なんか、スタートに持ってこいですよ」

「聖パトリックデーの曲をちょっと聞かせていただけますか？」

　テープに取られた音楽が流れる。

「アイルランド民謡としては華やかですね。それでいて懐かしいような。ぜひ、この曲を演奏していただきたいと思います」

2

　一週間して、市瀬さんから電話が入る。

「それぞれの訳詩に相応しいアイルランド民謡の曲を当ててみました。一度、聞いてみていただきたいので、家にいらしてもらえますか」

「こんなに早くできたのですか？　びっくりです。では、今日、午後にでもお伺いいたしますね」

　さっそく、私はまた、市瀬さんのお宅に行く。大手町から東西線に乗り替えた。電車に揺られながら、どんな曲が訳詩朗読のＢＧＭになるのだろうか、と想像した。楽しみな気持ちと不安な気持ちが交錯していた。

市瀬さんのお宅に着くと、「今から曲を流しますから、聞いてみてください」と、部屋に案内された。

日本でも『庭の千草』で知られているように、アイルランド民謡の哀切さは、日本人の心にも通じるものがある。『君が代』の作曲者もアイルランド人で、アイルランド風の旋律と言われている。

今回市瀬さんが探してくださった曲は、どれも素朴で、懐かしい感じのする心に染みる曲ばかりである。

「これだけ素敵な曲をよく見つけてくださいました。それぞれの詩にぴったりですね」

「訳詩によっては、ハープだけではなくフルートやオカリナも必要に思います。特に、間奏にはチェロも必要に思いますよ。私の音楽仲間の人からフルートとオカリナを演奏してもらえそうな人を探してみます」

と、市瀬さんはご親切に提案してくださった。そこで、フルートとオカリナは市瀬さんのご紹介の窪田直子さんにお願いすることになった。

「では、窪田さんにも、どうぞよろしくお伝え願います」

「あと、原詩朗読のところはアイルランド民謡ではないほうがいいと思うのですが。例えば、バッハの曲とか、サティのジムノペディとか」

市瀬さんは、また奇抜なアイデアを出してくださった。

「みんなアイルランド民謡ですと飽きてしまいますものね。がらっと趣を変えて、サティのジムノペディなんてどうでしょう」

と、私は希望を告げた。

「合っていると思います。チェロとハープの演奏にして」

「とても楽しみですね」


そこで、私の家のご近所にお住まいで、桐朋学園音楽部門でチェロを学ばれていた平泉泰興(やすおき)さんにお声を掛けることにした。

「泰興さん、今、お忙しいかしら? できれば、チェロの演奏の録音にご協力いただけたらと思っていて。お願いできそうか、泰興さんに聞いていただけますか?」

と、泰興さんのお母様にお尋ねした。

「泰興に話しておきますね。ここのところ帰りが遅いので、今夜お返事ができるかどうかわからないけれど。早く帰るようでしたら、今夜にでもお電話させますね」

「泰興さんにお願いさせていただく曲は、原詩朗読のＢＧＭに使うジムノペディなんですが」

と、泰興さんのお母様にお願いする。

その夜、泰興さんからお電話で、「喜んで弾かせていただきます」と、快諾してくださった。

「泰興さんにまでこのCDの制作にご参加いただけて、とても嬉しいです。では、録音日が決まり次第、またご連絡させていただきますね」

翌日、平泉さんに電話でお礼を言う。

「泰興さんがお引き受けくださり、ほっとしました。だって、泰興さんのチェロは、前にお聴きしたことがあるけれどとてもお上手でしたもの」

「泰興も喜んでいましたよ。大森さんのお役に立てて、私も嬉しいわ」

3

こうして、加藤剛さんの朗読録音から三ヵ月して、アイルランド民謡の演奏と、原詩の朗読を、同じビクターの青山スタジオで録音した。

その後、「BGMの演奏と加藤剛さんの朗読をドッキングさせるので、ビクターのほうに一度、来てください」と今泉さんから連絡がある。

「わかりました。明日の一時にお伺いできますが、いいですか」

「一時ですね。お待ちしていますよ」

私は久しぶりに表参道のビクターエンタテインメントに出向いた。

暗く狭い部屋で、今泉さんと補助の方が、機械に向かって黙々と手を動かしている。加藤剛さんの朗読の音源と、アイルランド民謡の音楽演奏の音源を合わせる調整をされている。

すべてが機械操作で、音色も、訳詩の繋ぎの間も、さまざまな対策が調整できるのには驚いた。

機械の魔力に圧倒される感じだ。ハイテク装置がビクターには揃っている。それを難なく操る今泉さんらの技術にも感心する。

今泉さんの手の操作一つで、音楽を強めたり、早めたり、フェイドアウトできる。一つの詩でも、最初は朗読だけで途中から音楽を合わせるか、逆に、音楽から始まり、どこで朗読と音楽を交わらせるか、などもワンタッチでできる。

主に、それぞれの訳詩と訳詩の間をどのくらいにするか？　音楽の音と朗読の音の高さや長さをどのようにするのが一番よく調和するか？　という点に時間が掛かった。

「大森さん、どうですか？」と、今泉さんが色々なドッキング案を作られては、一つ一つ聞いてくださる。

それに応えているうちに、随分お手間を掛けてしまった。

「今泉さんのおかげで、朗読と音楽がどんどんすばらしいコラボに変身していく展開がよくわかります」

「けっこういい感じになりましたね。あともう少しかな？」

丸一日、今泉さんとお部屋に籠って、ああでもないこうでもないと話しながら、一番良いと思われる朗読と音楽のコラボレーションができあがる。

部屋を出たら、外は真っ暗だった。そのような日が三日間に亘って続く。

朗読とアイルランド民謡がドッキングされたテープを聴くと、予想以上の出来栄えだった。素朴で、もの悲しいアイルランド民謡の音楽効果により、相乗効果で、朗読がより映えてくる。

こんなに素敵な朗読のCDが、もうすぐ世の中に送り出されると思うと、胸がわくわくしてくる。夢みたいな気がした。

「原詩にもジムノベディのテンポの遅い気怠いような音楽が、なぜか合っていますね」

と、私は、今泉さんに上機嫌で言葉を掛けた。

「フランスの曲がアイルランドに合うなんてね。でも、合っている感じがする」

と、今泉さんも、満更ではない顔付きをしている。

私は、まるで天にも昇るような気持ちで浮き浮きだった。その日から全曲をMDに入れて、電車の中でも、道を歩いていても、いつも聞いた。

「今泉さん、お手数をお掛けしましたが、おかげさまで素晴らしい作品になりましたね。とても嬉しいです。心から御礼を申し上げます」と、顔を綻ばせてお礼を告げた。

「CDのレーベルはシューベルトの時に笠井さんが頼んだ同じ会社にしましょう」と、山岸さんが頼んでくださった。

イェイツは、内面の深い観念、情緒を、象徴を手法として暗示的に表現しようとする「象徴詩人」である。

「イェイツにとっては、『薔薇』が理想美の象徴で、モード・ゴンの美を暗示しています。ぜひ、レーベルには『薔薇』を描いて欲しいと思います」と、山岸さんに要望した。

それから間もなく、私の希望どおり、薔薇の花が描かれた綺麗なＣＤを手にした。思わず、声を上げたくなるほど、嬉しかった。

ＣＤのレーベル

4

年が明けて、二〇〇四年になり、本の装丁、中表紙の絵、本文に挿入する絵などについて、思潮社の編集者の小田康之さんとの打ち合わせが続く。

「訳詩には、各章の小見出しにアイルランドの写真を入れたいと思っています。本の装丁にも、アイルランドの写真を入れたいと。解説の部分では、各章の小見出しに似合った絵を挿入したいのですが。絵は、娘に描かせてみてもいいと思っています」

「写真は、カラーだと費用が掛かるから、黒白でもいいですか」

小田さんは、黒白にして欲しそうな表情だった。

「黒白では、アイルランドの太陽やヒースの花の色が出ないので、やはりカラーにしたいと思います」

「それでは、カラーの負担部分は大森さん払っていただけますか」

「致し方ないと思いますが、どのくらいお払いすればいいのでしょうか」

結局、多少幾らかをお払いしたが、思潮社の社長の小田久郎さんも同意してくださり、カラー写真の掲載が可能となった。


中表紙の絵は、芸大のアルバイトを求める部所に電話をして、ご連絡のあった方の中から日本画専攻の中井智子さんにお願いした。

中井さんは、背のすらっとしたスレンダーな方で、物静かだが、芯のありそうな印象だった。

中井さんとは、三回ほど東京駅や神保町近くのレストランで打ち合わせをした。

「イェイツは象徴詩人と言われていて、あるシンボルを詩の中に投影しています。読者はそのシンボライズされたものから詩を想像するのです。イェイツにとって、薔薇（ばら）は恋人のモード・ゴンを象徴しています。ぜひ、綺麗（きれい）な薔薇を描いていただけたらと思います」

と、中井さんにも「薔薇」の絵をお頼みする。

「では、幾つか薔薇を描いてみます。描けたらお見せしますので、その中から選んでいただきたいと思います」

一週間後、中井さんは、はがき大の用紙三枚に、それぞれ異なる「薔薇」を描いてくださり、その中で、一輪の薔薇を選ばせていただいた。

5

本文の訳詩の各章の見出しには、アイルランドの写真を挿入したいと考え、アイルランド大使館に電話をする。

「イェイツの詩の一六篇の原詩と訳詩の朗読をＣＤに添付し、イェイツの人生や思想を辿りながら詩の解説を書いた本を作っています。その本文の中にアイルランドの遺跡や自然の写真を載せたいと思っています」

と、お話しすると、報道・文化担当官のアッシュリン・ブレーデンさんが応対してくださった。

「アイルランド大使館に一度、来てくださいますか？　その折に、『愛と叡智』の本を一冊、貸してもらえますか」と頼まれた。

「まだ本ができておりません。本文の最終校正のゲラ刷りと、訳詩の朗読のCDは手元にありますので、それをお持ちするのでもいいですか」

「それだけでもいいですから、持ってきてください」

ブレーデンさんは、優しい応対だった。


麹町にあるアイルランド大使館に行くと、ブレーデンさんは三〇代前半くらいの、長い髪を後ろで束ねた女性だった。日本語もお上手だった。

「校正途中の本文のゲラ刷りと、朗読のCDだけを持ってまいりました」と、ブレーデンさんにゲラとCDだけをお渡しする。

「写真はみなお持ち帰りください。この中から好きなものを選んでください」と、一〇〇枚くらいの綺麗(きれい)なアイルランドの写真をブレーデンさんが提供してくださった。

「綺麗な写真ですね。アイルランドにはこんなに綺麗な景色がたくさんあるのですね」

私は写真を見て、感嘆する。

「アイルランドは、花も、海も、丘も、太陽も、自然が美しい国です」

ブレーデンさんは嬉しそうに微笑んだ。

「西の大地に沈むアイルランドの夕陽の美しさは格別ですね。私もアイルランドに行った時に、夕陽の沈む情景を目の当たりにして驚きました。写真の夕陽も美しいですね。これを本に使わせていただけると思うととても嬉しいです」

「何枚でも、気に入った写真があればお使いください」

「この花の写真も素敵。イェイツの最後の詩『叡智は時とともに訪れる』の『**葉は多いが根は一つ**』で、葉も幹も花も一体を表すのに合っている写真に思えます。本の表紙に使わせていただきたいですが、いいですか？」

「綺麗な写真ですね。どうぞお使いください」

　ブレーデンさんも、嬉しそうに、顔を綻ばせた。

　それから二週間して、ブレーデンさんを通して、駐日アイルランド大使のＰ・マーフィー大使の序文が送られてきた（次頁）。大使からの序文は想定外の贈りものだったが、大使がよく読んでくださっていることに感謝した。

　序文の最後の「この作品がとても美しいものであることを見出し、大森さんとこの出版に携わったすべての方々に心から賛辞を送ります」のお言葉は、おそらく加藤剛さんの朗読が大使の心にも届いたからではないかと得心できた。

『愛と叡智』巻頭

Yeats Poems: Introduction

Thanks to the mediation of Ernest Fenollosa and Ezra Pound, W.B. Yeats took a deep interest in aspects of Japanese literature, especially the Noh. This interest resulted particularly in plays, such as *At the Hawk's Well*, which are influenced by Yeats's understanding of the Noh.

I am glad to observe that this interest on the part of Yeats is handsomely reciprocated in Japan. Yeats, one of the two greatest twentieth-century poets in the English language, is very highly regarded in Japan, a fact which speaks to the sophistication of Japanese literary taste and also, perhaps, to the likelihood that both Japanese and Irish culture spring from similar deep roots.

Keiko Ohmori has given concrete evidence of her devotion to Yeats's poetry in the work she has done in producing this compilation of some of the best known and most haunting of the poems. I find the production a very beautiful one and I compliment Ms Ohmori and all those involved in it.

Pádraig Murphy
Ambassador of Ireland
18 February 2004

序文　イェイツ詩集に寄せて

アイルランド共和国　特命全権大使　Pádraig Murphy

W・B・イェイツはアーネスト・フェノロサとエズラ・パウンドの紹介によって、日本文学に造詣を深め、特に能に深い関心を寄せました。その結果として、彼の演劇作品—例えば「鷹の井にて」—に影響を与えていることが見て取れます。イェイツが関心を寄せたことから生まれた作品が日本に巡り還って、日本の方々に大変高く評価されていることを知って、私はとても嬉しく思いました。

二十世紀の英語文化圏で二人の偉大な詩人の一人であるイェイツは、日本の皆様からも幻想的な精神世界を優美に歌い上げた象徴詩人として深い共感を得ていますが、これは日本人が洗練された文学的嗜好を持っている証左であると共に、日本文化とアイルランド文化がとても似通った精神の源から発しているためではないかと思われます。

大森恵子さんはこの作品に於いて、何故彼女がイェイツの詩をこれ程までに愛するのか、その訳を具体的な形にして示してくれました。彼女は数あるイェイツの詩篇の中でも最も有名で、たびたび心に浮かんでくる詩を編纂してくれました。私はこの作品がとても美しいものであることを見出し、大森さんとこの出版に携わったすべての方々に心から賛辞を送ります。

二〇〇四年二月十八日

（大森恵子訳）

6

二〇〇四年四月末に、ブレーデンさんから、『『愛と叡智』の出版をお祝いして、大使が夕食会を催したいと希望している」とのお電話をいただく。

「出版記念会には、大使夫妻をはじめ、アイルランド大使館の職員が出席し、日本のアイルランド文学や音楽など、アイルランドの各文化に携わっている方々も大使館から招きます。この本の作成に関わった人々、大森さんの友人も呼んでいいですよ」

と、ブレーデンさんは私に伝えた。

「そう仰(おっしゃ)っていただいても、何人くらいお声をお掛けしていいのですか？」

「このＣＤ制作に携わった方々、大森さんのお呼びになりたい方々、何人でも」

「何人でもというと、一〇人？　二〇人？　五〇人くらいでもいいのですか」

「五〇人でも、それ以上でも構いませんよ」

電話口のブレーデンさんの声は、人数についてはあまり気にしていないような風で、気さくに応えていた。

「お心遣いに深く感謝いたします」

それから、間もなく、アイルランド大使館からマーフィー大使のお名前で、五月一四日の六時、大使公邸でのご招待状が数十枚も届いた。

この年、私が開設した法政大学の「アイリッシュ・ポエム」の講座の受講生の河上智子（仮名）さんに幹事役を務めてもらい、誰を呼ぶかを相談しながら計画した。

「日本女子大の仲間内の出版記念会の企画もあるのよ」

と、村田佳江さんからすでに聞いていた。そこで今回は、女子大仲間うちの友人には声を掛けないことにした。主に、今回のＣＤ制作に係わった方々を中心にお声を掛けることにした。

ビクターエンタテインメントの山岸俊哉さん、今泉徳人さん

思潮社の担当編集者の小田康之さん

原詩朗読のＡ・Ｊ・ピニングトン先生

平泉泰興さんらアイルランド民謡の音楽演奏の関係者

外務省西欧二課の山田俊介さん

法政大学の柳沼壽教授や松島茂教授、及び、講座担当の川崎愛砂さんと菅野俊一さん

日本女子大学の英文科の名誉教授の出渕敬子先生と新見筆子先生

法政大学の講座の受講生の方々

息子がお世話になった開成高校の古文の橋本弘正先生や、アイルランド行きの際、オランダでお世話になった三原聖一・静子御夫妻をはじめとする、開成高校で知己になった父兄の方々

……などにお声を掛け、アイルランド大使からの招待状をお配りした。

皆さん出席してくださるとのことだった。

加藤剛さんにもご出席いただけないかと古賀さんを通してご連絡をすると、古賀さんはそのお電話で、「加藤剛さんは、あいにく、その日はすでに予定が入っているんですよ」とのこと。

「加藤剛さんにいらしていただけないのは残念ですが、急なことですから、致し方ないですものね」

古賀さんも、申し訳なさそうに電話を切られた。

7

加藤剛さんは欠席、とブレーデンさんにお伝えしていたが、夕食会に近くなったある日、突然、「大森さん、調整をつけましたから、出席いたしますよ」とのお電話を、加藤剛さんから直接いただいた。

とても、爽やかな嬉しそうなお声だった。私は、大変驚いたが、すぐにルンルンしてきた。

「アイルランド大使もさぞお喜びになられることでしょう。すぐにお伝えいたします」

さっそく、ブレーデンさんに加藤剛さんの出席をお伝えすると、夕食会の前日、ブレーデンさんから「明日の会で、加藤剛さんに訳詩の朗読をして欲しいので、加藤剛さんに頼んでほしいのです」と、電話で頼まれた。

古賀さんに「アイルランド大使館の広報官から、明日の席で、加藤剛さんに訳詩の朗読をしてほしいと頼まれましたが、お願いできますか」とお伝えする。

「残念だけど、加藤剛さんが大使公邸で朗読をするのは難しいですよ。しかも、こんなに急ではね」と、古賀さんのお話だった。

結局、ブレーデンさんの希望は叶わなかった。

五月一四日午後六時、大使公邸では、出席者百人前後の盛大なおもてなしであった。用意されたお料理は色々な種類があり、色とりどりで、盛りだくさんだった。招待客は皆びっくりしていた。

マーフィー大使、私、ピニングトン先生の順番で、スピーチをする（写真、右列）。

マーフィー大使の奥様や、ブレーデンさんも、我々のスピーチに耳を傾けてくださった（写真、左上段）。その後、会場の一角で、アイルランド大使館の参事官やピニングトン先生、日本女子大の出淵先生や法政大学の柳沼先生らとともに、記念写真を撮った（写真、左中段）。

その日、「『愛と叡智・イェイツの世界』の出版を祝して、アイルランド国元大統領のメアリ・ロビンソンさんから大森さんへの贈り物を預かりました」と、マーフィー大使から大きな箱を手渡された。

贈り物は、“the IRISH A Treasury of Art and Literature”である（写真、左下段）。紺色の上等な布が張られた重々しい箱で、蓋の中央には、アイリッシュ・ハープの下に、大きく、アイルラ

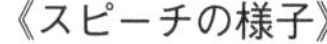

マーフィー大使

出版記念会のひとこま

筆者

ピニングトン先生

アイルランド国元大統領からの贈り物
“the IRISH A Treasury of Art and Literature”

ンド大統領のお名前が書かれた名詞が貼ってある。

箱の蓋を開けると、まるで、ブリタニカ辞典のように、Ａ４サイズでは収まらない、厚く大きな本が出て来る。持ち帰るのにも閉口するくらい重かった。

本の中身は、美しいアイルランドの写真と共に、自然、歴史、政治、文化遺産、文学の案内など、アイルランドのお宝が詰まっていた。

また、この夕食会では、お隣の席に座った参事官から、アイルランドの幸福のシンボルである、緑色のクローバーのシールをシートで多数いただいた。

アイルランドの幸福のシンボル
クローバーのシール

8

マーフィー大使公邸でのお祝い会から暫くして、思いがけず、加藤剛さんからの御手紙を受け取った。

加藤剛さんが、私のイェイツの訳詩をとても気に入ってくださっていたことがしみじみ分かり、私の心もほのぼのとしてきた。加藤剛さんに、訳詩の朗読を喜んでいただけていると思うと、感謝の想いが溢れてきた。

9

二〇〇四年末に、ようやく『愛と叡智・イェイツの世界』（思潮社）が出版される。

一九九八年秋にイェイツの評伝の翻訳を始めてから、六年がかりで纏めた本であった。

東京駅八重洲の青山ブックセンター、新宿紀伊國屋に何冊も高く平積みになっている『愛と

御無沙汰のみいたしております。
お送りいただいたイェーツのCDを　夕暮れる刻々
聴くのが楽しみとなりました。
よき作品のお仲間に加えていただいた幸せを
覚えながら、何回かの出版記念の祝宴に
お招きを頂戴しながら出席叶わず失礼いたし
ました。　家内も
大手術ののちおかげさまで生還して、この
ライブに出席するのを楽しみにしております。
近況ご報告のみ申し上げます。
残る暑さ、お健やかにお過ごし下さい。
二〇〇四・八・一六　加藤剛
大森恵子様

加藤剛さんからいただいたお手紙

叡智』の本を見た時は、やはり嬉しかった。

三省堂やジュンク堂などにも、足を運び、各本屋さんで自分の書いた本を買い求めた。

『愛と叡智』が出版されてから、限定版の二冊目の本をお送りした時も、加藤剛さんから丁寧なお手紙をいただいた。（二〇〇五年二月二三日）

暦の春を過ぎ 枝々が光りはじめました。
このたびは 美しい限定版を拝受、心から御礼
申し上げます。
二輪の薔薇から どちらが 美しいか選ぶのが
難しいように どちらも 心にくい 仕上がりの作品ですね。
うちの サックス吹きの「師匠」（？）は 大森様の
御高著を「入念・繊細、高い美意識の御作」と
称えつつ、私の仕事まで「俳優人生前半のまとめ」と
許してくれました。嬉しさの余り 初版を与えた
次第です。
残る寒さ お健やかにお過ごしの上、花の季節を
お迎え下さい。
加藤剛
大森恵子様

加藤剛さんからいただいたお手紙

これまで素晴らしい作品をたくさん演じてきた加藤剛さんだが、イェイツの訳詩の朗読は、加藤剛さんご自身も納得のいく朗読ができて、好ましい作品と思っていてくださったのかもし

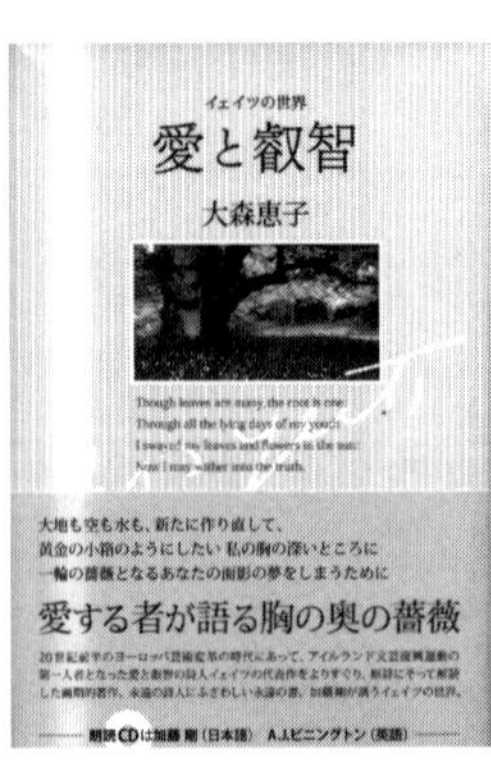

『愛と叡智』

れない、と思った。

そのように思われている加藤剛さんのお気持ちは、もったいないほどで、嬉しい気持ちがほのぼのと湧いた。ちょっぴり、加藤剛さんに認めていただけたような気持ちになり、誇らしく思えるような気がした。

イェイツの訳詩を加藤剛さんが心を込めて朗読してくださった至誠に、胸を打たれる。

10

時期を同じくして、二〇〇四年から数年間、私は市ヶ谷の法政大学で「アイリッシュ・ポエム」の講座を持った。

アイルランド大使館から提供された写真がカラー写真のため、挿入の件で手間取った。このため、最初の年の二〇〇四年の前期の講義では、本の製本が間に合わなかった。

致し方なく、この期の授業だけは、テキストはなくて、訳詩のプリントと加藤剛さんの朗読のCDだけが教材だった。

テキストがないにも拘(かかわ)らず、この講座は大盛況だった。おそらく、加藤剛さんの訳詩朗読が、受講者の方々の心に深く届いたからだと思う。

HOSEI 法政大学エクステンション・カレッジ
Hosei-university Extension-college of Lifelong-learning for Professionals

講座番号：S04007

アイリッシュポエム―愛と叡智～イェイツの世界―

アイルランドはイギリスよりも西に位置する、日本からは遥か遠い国。昔から西の彼方には極楽があると言い伝えられ、アイルランドの中でも「さらに西の果てに妖精たちは住んでいる・・・」とケルトの人々は信じてきました。
アイルランドの人々は、「喜びと悲しみが入り混じっているのが実人生」と受けとめ、運命的な悲しいことはみな妖精の所為にして慰めてきたところもありました。「庭の千草」で知られるアイルランド民謡の哀切さは日本人の心にも通じるものがあるようです。
西の大地に沈むアイルランドの夕陽の美しさは格別です。"purple"はその夕陽の色であり、アイルランドの大地を覆うヒースの花の色であり、純粋素朴なケルトの人々の心の色でもあります。アイルランドの西の地、スライゴーで生まれたノーベル賞詩人の W. B. イェイツは、ケルト人の purple 色の心を愛と叡智に高めました。
本講座では、イェイツの原詩を読み、アイルランド民謡とともに加藤剛さんの訳詩朗読（CD）を聴きます。イェイツの詩を味わいながら、アイリッシュポエムの魂をさぐっていきたいと思います。

■ セミナー概要

対象	アイルランドの詩や音楽に興味のある方
会場	エクステンション・カレッジ セミナー室
定員	50名（定員になり次第締切）
時間	13:30～15:30

■ 講義概要

回	講義日	講師	内容
1	5月 7日（金）	大森 惠子	ケルトの自然・大地に結ばれた詩と音楽
2	5月 21日（金）		dreamy poetry ―ケルトの神話・妖精の世界―
3	6月 4日（金）		アイルランドの人々の彷徨とリバーダンス
4	6月 18日（金）		twilight poetry ―アイルランドの人々の心―
5	7月 2日（金）		愛と叡智の詩 ―生きることの歓びと哀しみ― *アイリッシュ・パイプの名奏者、Brendan Weightman 氏がアイルランドの Uilleann pipes を持参して、アイルランドの音楽を演奏する予定です。

■ 後援 千代田区・千代田区教育委員会、新宿区教育委員会
■ テキスト 『愛と叡智 ― イェイツの世界』（思潮社、2004年4月刊行予定）
■ 修了証書 8割（4回）以上出席された方に発行します。
■ 講師のご紹介
講師 大森 惠子（英文学者）

日本女子大学大学院博士前期課程修了。専攻は英文学。著書に『英詩のこころを旅して・今イニスフリーに誘われて』（書肆書房）、『春の夢・心に響くシューベルト歌曲の天の調べに耳を澄ませて』（ビクターエンタテインメント）、近著に「愛と叡智－イェイツの世界」（思潮社）。

法政大学の講座「アイリッシュ・ポエム」の案内パンフレット

翌年の二〇〇五年に、受講者のお一人からいただいた心籠る御手紙は、私を熱く励ましてくれた。受講生の山本知子さんも、すっかりイェイツ・ファンになられて、アイルランドにまで飛んでいかれた。

多くの受講者に、イェイツの心が響いたのも、やはり、加藤剛さんの朗読のおかげと、加藤剛さんには深く感謝した。

二〇〇五年の四月一〇日（日）の毎日新聞の「本と出会う――批評と紹介」の欄に『愛と叡

愛と叡智――イェイツの世界

大森恵子著（思潮社・2520円）

付録のCDがいい。

アイルランドの文芸復興を先導したノーベル文学賞受賞詩人、ベストセラー『マディソン郡の橋』に詩が引用……。イェイツについてその程度の知識しかなかったが、俳優の加藤剛さんによる16篇の詩の朗読は心に染みる。張りのある、それでいて抑制の利いた語り口が、ガイドブックで見た素朴なアイルランドの自然のイメージに重なる。著者が6年、推敲を重ねた詩の響きが美しい。

伝記ではない。詩に即してイェイツの人生とその時代を解説する。英国による支配から独立へ。19世紀後半から20世紀初頭の激動期に、愛と芸術、内面の自我と無我の対立に葛藤した生涯は、やがて、叡智により融和し、統一される――著者はそう分析している。（作）

毎日新聞に掲載された書評

智』の書評が掲載された。ここにも、加藤剛さんの「付録のCDがいい」と、真っ先に書かれてある。

『愛と叡智』が出版されて間もない二〇〇五年五月、当時の天皇・皇后両陛下がアイルランドを訪問された。『愛と叡智』の資料でアイルランド大使館との間を取り持っていただいた、外務省欧州局西欧課の杉浦正俊首席事務官（当時）が随行されたので、その折、『愛と叡智』を美智子皇后にお渡しいただいた。

きっと、美智子上皇后様にも、加藤剛さんの朗読を聴かれて、喜んでいただけたのではないかと、嬉しく思っている。

第八章　イェイツの訳詩朗読の後

まっすぐな道はよきもの夏木立
目下また「コルチャック」の暑い夏です。
何度も観ていただいたコルチャック先生ー
もう十年来の持ち役ですが、今回は
外部出演でなくスタイルも一変。
スーパープレーヤーのギター二台による
ショパン演奏と俳優九人（幼年俳優は出ません）
のダイアローグのコンサートです。おそらく
日本初演でしょう。（国立博物館での上演）
地味な作品ですが、内容は深められました。
どうぞ緑深い上野の森へお越し下さい。
心からお待ち申し上げます。
よき夏をお過ごし下さいますよう。
二〇〇六年夏　加藤剛
大森恵子様

加藤剛さんからの『コルチャック』のご案内

1

『愛と叡智』の出版後も、加藤剛さんからは、『コルチャック』や『月光の海ギタラ』などの劇の御案内をいただいた（手紙）。河上智子さんや村田佳江さんをお誘いして、上野の国立博物館や紀伊國屋ホールに足を運んだ。

『コルチャック』は二度ほど伺った。ギター演奏とのコラボレーションの劇も素敵だった。

『月光の海ギタラ』の時だったか、カーテンが下りて、急いで楽屋に向かった。階段を駆け上がると、大勢の人々とともに、加藤剛さんがちょうど降りてこられた。

たった今、劇が終わった直後であるにも拘らず、私の顔を見つけられると、「大森さん、今回の『高校生が読んでいる「武士道」』（角川書店、二〇一一年）の新書は、すごい力作です

拙著『高校生が読んでいる「武士道」』

⇧『高校生が読んでいる「武士道」』の新聞広告

ね。特に、『名誉』の章の解説と、最後の〈『武士道』からのメッセージ〉がすばらしかった。おめでとうございます」と、人混みの中から声を掛けてくださった。

まだ、この本が出版されて数週間。書店に並んで間もないのに、新渡戸稲造の『武士道』の私の翻訳書をすでに読まれていたと知り、驚いた。日経新聞に載った新刊広告をご覧になったのかもしれない。

「もう、お読みいただいたのですか？　今回の角川の新書は、前にお読みいただいた、開成版の『武士道』を基にして作られたものです」

「コンパクトに纏めるために、前のものを随分削除されたのでしょうね」

「開成版では、注を付けて解説していた、新渡戸が引用していた原典の翻訳部分を半分以上削除したのはとても残念でした」

「一度書いたものを半分以上も減らすのは、大変な作業でしたでしょう。でも、とても読み易くなっていましたよ」

二〇〇〇年にお目に掛かった頃の加藤剛さんを思えば、容貌は大分お年を召された。だが、表情に浮かぶ青年のような瑞々しさは、変わられていない。

お花をお渡しすると、「大森さん、いつも有難う。綺麗な花ですね」と仰った時の、加藤剛さんの目は、いつもと同じに優しかった。

2

『高校生が読んでいる「武士道」』の角川書店の新書の出版の基は、それより約一〇年以上前に遡る。

息子が高校時代にお世話になった開成高校の漢文の橋本弘正先生から、英語で書かれた『武士道』の原著を翻訳して欲しいというお話を、一九九八年頃にいただいた。

橋本先生は、福地峯生先生とともに、開成高校のＰＴＡ組織である《神奈川開成会》の顧問の先生でいらした。息子が高三の時、私が一九九六年度の総会の会長を務めたことからのご縁となった。

「『開成高校は、知の部分では、高いレベルを保っていますが、宗教教育のある学校ではないので、新渡戸稲造先生の『武士道』や、内村鑑三先生の書物を生徒に読ませたい。『武士道』

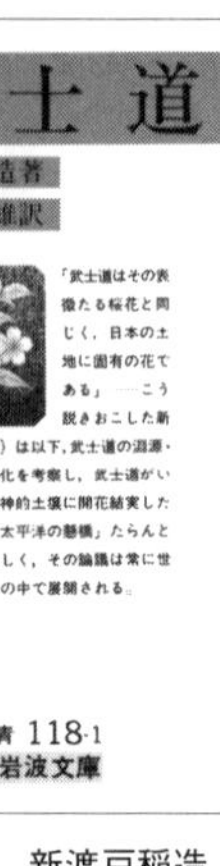

新渡戸稲造
『武士道』

は岩波文庫から矢内原忠雄先生の名訳が出ています。矢内原先生は新渡戸稲造先生の弟子として新渡戸をよく知る人であり、その訳文の文体も理知的で気品のあるものです。だが、矢内原先生の立派な翻訳では、言葉が古く堅いためか現代の高校生には取っ付き難く、読んでも理解できなくなっている。漢字自体が己になじみの薄い世代である。大森さん、開成高校の生徒のために新渡戸稲造先生の『武士道』の文体を現代語に適切に訳してもらえないでしょうか」と、橋本先生はお尋ねになった。

「私ごとき者が、東西の故事に通じ、深い学識に基づいて書かれている新渡戸稲造の『武士道』を、正しく理解し訳せるのか心配です」

その時の私は、『武士道』の翻訳など全く自信がなかった。

これまで、新渡戸稲造の名前は知っていても、『武士道』など読んだこともなかったから、ひどく不安になった。

「私は、大学院で英文学を学び、その後も、英詩やイェイツの研究を続けてまいりました。なぜ、私のような者にお託しくださるのでしょうか」と、橋本先生にお尋ねした。

「これらの翻訳は、文体はもちろん大切ですが、明治、大正のリベラリズムを理解できる人でないと不可能かと思われます。新渡戸の生きた時代背景を理解できる人でないと、翻訳は不可能と思われます」

「でも、私は昭和生まれですから、明治、大正のリベラリズムの理解までは乏しいのです」

「大森さんの『Honeysuckle の追憶』には、明治、大正を生きるご一族の生き方も抑制された筆で記されていました。大森さんにお願いするのは、大森さんは、明治、大正のリベラリズムを雰囲気としてでも理解できる方だと思うからです」

橋本先生は、顔を私のほうにまっすぐ向けて、いかにも納得されているような表情をされた。

私は、少し面映ゆく感じながらも、橋本先生は、『Honeysuckle の追憶』から、私の家族や親族の生き方を察してくださったと思うと、感謝の念が湧いてきた。

「私の親族の生き方など、改めて考えたこともありませんでした」

「新渡戸の言う名誉とは、俗に言う名声ではないのです。良い大学や良い会社に入ることが名誉と錯覚している人が多いですね」

「確かに、名誉という言葉からは出世したとか、名を成したとか、の意味で使われることが多いですね」

「新渡戸のいう名誉の精神の根幹は、『ノーブレス・オブ・リージュ』です。人間として、どう生きるかです。生き方の問題です」

私は、橋本先生から新渡戸のいう名誉の意味をお聞きして初めて、自分の育ってきた環境の中にあった精神的価値観に似ているものがあると思えた。新渡戸稲造に少し親しみを感じた。

「先生から新渡戸稲造さんのお話を伺っていたら、新渡戸稲造さんにも親近感が少し持てるような気もしてまいりました」

私は、この自分でも、もしかしたら、新渡戸稲造の精神や理念を汲み取ることができそうな気もしてきた。

「ご希望に添うかどうかわかりませんが、開成の生徒さんのために訳読の努力をしてみます」

と、答えた。責任の重みを、ひしひしと感じた。

しかし、実際にはなかなか筆は進まなかった。

その後、二〇〇一年には映画『ラストサムライ』がヒットし、また、『武士道』が世に出て百年という節目の年でもあったので、巷では、数多くの『武士道』の訳本も目にする状況になった。

今更、私の拙い翻訳の必要もなくなっているのでは、と思い悩む日々の翻訳作業だった。『愛と叡智』の本の訳詩の推敲と重ねながら、毎夜、机に向かって悪戦苦闘した。

一方、この間、私なりに、『武士道』を何度か読み直しているうちに、この本は、人として生きる上で、何かを考えさせてくれる書物であると日毎に強く感じるようになった。

3

それから、新渡戸の生誕地の盛岡の先人記念館や、花巻新渡戸記念館のある新花巻に、友人の村田さんとさっそく飛んだ。

新渡戸稲造の生涯展

花巻新渡戸記念館

先人記念館にも、新渡戸記念館にも、新渡戸稲造の生い立ちや、その後の歩みを記載した展示物が山のようにある。カメラは持っていた。だが、接写レンズを持っていかなかったため、私のカメラでは、展示物の字は大きくは写せない。後悔した。

「この壁に貼られている掲示物の文章をみなこれから書き写すわ。相当の時間が掛かってしまいそうだけど」

「大変そうね。カメラで写すのは無理かしら？　きっと、接写レンズがないと、字が小さくしか写らないでしょうから、やはり、書き写すしかなさそうね」

村田さんは驚いたような顔をしている。

「その間、あなたはどうする？　待っていてくださる？」

と、村田さんに聞く。

「では、あなたが写している間、外を回ってくるわ。二時間くらいでいいかしらね？」

と、村田さんは言って、先人記念館の外に出て行った。外は、降りしきる雪で真っ白だ。


新渡戸稲造の足跡を辿ることで、新渡戸が国際人として、また、教育者として、多彩な活動を行った人であると知った。

新渡戸稲造が多彩な活動を行った根底には、深い学識と行動力、人を愛する心など、幾世代にも受け継がれ育まれた新渡戸家先祖代々の精神が息づいている。

盛岡と新花巻で、新渡戸家先祖代々からの精神を実感し、人間新渡戸稲造に深い興味と感銘を抱いた。

4

新渡戸稲造という人物が分かってくると、シューベルトやイェイツに対した時と同様に、私は新渡戸稲造にも段々のめり込んでいった。

新渡戸稲造は物凄く博識（はくしき）なため、『武士道』では、古今東西のありとあらゆる賢人の思想家、作家、哲学者の語った言葉や話題が縦横無尽に引用されている。

「『武士道』が、その訳文に関わらず難しい印象を与える理由は、実は、この引用されている一つ一つの知識を読み手が正確に持ちえないところから来るもののように思われますね」

と、橋本先生は仰（おっしゃ）る。

「『武士道』を解読するためには、新渡戸がこの本で紹介している古今東西の人々の言葉を正しく理解しなければならないと思います。本文の翻訳だけでは、高校生には真の理解は難しいと思います。新渡戸が引用している『論語』や『伝習録』など、一つ一つを原典に当たり、注釈を付ける必要があると思うのです」

と、橋本先生にお話をした。

「注釈があれば、新渡戸がその原典をなぜ引用したのか、読み手には理解しやすいですね」

「新渡戸が『武士道』で試みようとした日本の文化と西洋の文化の普遍性の指摘を若い人々に理解してもらうためには、孔子や孟子の読み下し文や西郷隆盛の辞世の句など、そのまま書くのではだめだと思います。東西の精神・倫理の共通項として新渡戸が取り上げた原典引用部分では、引用の言葉や文章がいったいどのような英語で原著には表現されているのか、解説しようと考えました」

「それは、大切なことですね」

「例えば『勇気』について新渡戸が英語で書いている孔子の言葉を翻訳の先人は『義を見てせざるは勇なきなり』と訳しています。新渡戸は英語で“Perceiving what is right and doing is not argues lack of courage.”と説明しています。私は本文では『義を見てせざるは勇なきなり』と書いても、注には新渡戸の英文と『正しいことを認めながら、それを実際に行わないのなら、勇気に欠けるということである』との訳文を付けます」

「確かに、英語で書かれた日本古来の歌や孔子の言葉などを、実際、新渡戸はどういう語彙を選んで表現したのか？　大事な点ですね」

「新渡戸が引用している『論語』や孟子の言葉をどういう英語の語彙を駆使して、西洋の人々に分かってもらおうとしたのかを明らかにする必要があると、本文を翻訳するうちに気づいたのです」

「そこに気づいたのは素晴らしいですね。でもそこまでやろうとすると膨大な作業になりますよ」

と、先生は気遣う顔をなさった。

「一つの意味を表すにも、新渡戸の英語の語彙は非常に豊富です。新渡戸が引用文の英訳に際して、その中から選んだ単語や表現は、新渡戸の意図や解釈を反映しているはずと思います」

そこで、私は、新渡戸の引用部分の英語の表現に忠実な日本語訳をつける翻訳に多くの時間を掛け、すべての引用に注を付けることにした。

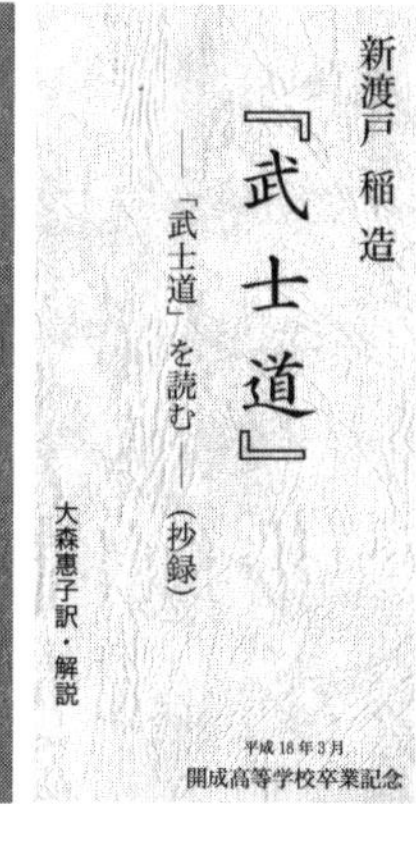

高校生のテキスト
『「武士道」を読む』（2006, 2008, 2009 年）

単なる『武士道』の翻訳に済まさないため、作業の完成には、約七年が掛かってしまった。しかも、最初の三、四年は『愛と叡智』の推敲もダブルで作業をしていた。

『愛と叡智』の作成の合間に、孜々（しし）として訳読を続け、一つの章を終えるごとに橋本先生に原稿をお送りした。

開成高校では、私の訳と解説付きの『「武士道」を読む』を三回（二〇〇六年、二〇〇八年、二〇〇九年）に亘り発行してくださり、中学生や、高校生のテキ

風光る候、御懇篤な御書状とともに
御労作拝受。心から御礼申し上げます。
落花の庭での書見に相応しい書でした。
今や紙幣の肖像でしか知る人が少なく
なった新渡戸稲造が文化なき文明の世
を照らしますね。
お健やかにお過ごし下さい。
加藤剛

加藤剛さんからいただいたお葉書

ストとして、使われた。

開成高校から小冊子が仕上がる度に、加藤剛さんもお目を通してくださって、簡単なお葉書をいつも頂いていた。

開成版テキスト『「武士道」を読む』は三回に亘り発行されたが、第二版は二〇〇八年に作成された。

二〇〇九年春、この第二版が角川書店の新書編集部の永井草二さんらのお目に留まり、一般の高校生、若人にも、広く『武士道』を読んでもらえるような読み易い本にしたいとの意向を示された。

角川書店では、新書に作成するには、二〇〇頁に纏める必要があるとのお話で、ここから丸一年、開成版の大幅な削除に時間を費やした。こうして、『高校生が読んでいる「武士道」』（一八六頁）の出版の運びとなった次第だ。

第九章　加藤剛さんとのお別れ——「今こそあのイニスフリーに行こう」

1

ここのところしばらくご無沙汰をしていたら、二〇一八年の七月、テレビで加藤剛さんの訃報を知った。

お別れ会での遺影の加藤剛さんは、実に晴れやかで、爽やかで、清々しかった。

お別れ会の夜、『愛と叡智・イェイツの世界』のCDの朗読を一人静かに聴いていると、加藤剛さんの朗読はしみじみ素晴らしいと思った。

村田さんに、翌日、会う。

「お別れ会に、あなたの『愛と叡智』の本の中の『イニスフリーの湖島』の加藤剛さんの朗読音源が流されたと聞いて、私も昨夜、もう一度CDで聴き直したわ」

「あら、あなたも？　私も聴いたのよ。すごくいいでしょ」

「どの詩も心を打つ朗読ね。それぞれの訳詩ごとに、加藤剛さんの声も語り口も、抑揚も、微妙に変えているのね」

村田さんも嬉しそうな顔付きで話している。

「あなたもそう思われて。嬉しいわ。朗読を聴いていて改めて感心するのは、加藤剛さんがイェイツを熟知していないと読めないような、深い読み方をされている箇所が何ヵ所も感じられる点があったこと」

「そこまでは私にはわからないけれど、加藤剛さんは、この朗読のためにイェイツを勉強されていたのかしらね」

村田さんは、真剣な顔付きで話している。

「加藤剛さんはイェイツをよく理解されているなぁと特に思えたのは、『さらわれた子供』と、『叡智』の章の最後の二詩『一九世紀を過ぎる今』『叡智は時とともに訪れる』。素晴らしい朗読であると思ったわ」

「確かに、最後の二詩はとてもいいと思う」と、村田さんも私に同意する。

「シューベルトの時より、遥かに旨く思えた。声の音質も抑揚も全然違うよう」

「私には、シューベルトの朗読も、加藤剛さんは上手いなと思ったけれど。声が前にとてもよく出ているのが印象的だったわ」村田さんは、目で微笑んだ。

「シューベルトよりイェイツのほうが格段にお上手よ。これは、ビクターの録音の採り方やマイク、録音機の調子で違いが生じたせいなのか。いえ、やはり加藤剛さんの朗読が熟成されていらしたからだと思うわ」

「イェイツの方がさらに素晴らしいなんて、素敵だわ」

「そう言えば、加藤剛さんの後援会の《五三会》の会長でいらした大野千重子さんも、『この作品は今までのものより、一番良くできている、と奥様と語り合ったことを思い出しました。最高のできでした』と、後におっしゃっていらしたわ」

CDを聴き直してみると、シューベルトの歌曲の朗読はイェイツに比べると、心なしか、とってつけたようだ。借り物のように思えてくるのは、加藤剛さんには、シューベルトは、ちょっと捉えにくい人物だったのかもしれない。

しかもシューベルトは三一歳で亡くなったので、人生を生き尽くすところまでは至っていない。

一方、イェイツの朗読は、借り物ではない、人間・加藤剛そのもののようにも思える。加藤剛さんはイェイツの後半の作品には、年齢もご自身と近くなっている。ご自身に近いものを感じられて、無理せずに、等身大の自分であったからだろうか。

聴く人の心を打つのは、ご自身の中から生み出された言葉で語っているからだと思う。きっと、加藤剛さんご自身の生き方の中にも、イェイツの人生に重なるような、年月とともに揺蕩（たゆた）いに堆積し、発酵していくものがあられたからだと思う。

「加藤剛さんは『常に、役の心に近づくことを考えてきた』と、何かで語られていた。また、『役に住んでもらう』とも言われていたようよ。イェイツの訳詩についても、そのような高邁な志を持って、読んでくださったように思うの」

「役の心ね。加藤剛さんて、そんな感じのする方ね」

村田さんは、にこっと笑った。そういえば村田さんも、昔から、加藤剛さんの知的で端正な印象を好ましく思っている、加藤剛ファンだった。

「あなたが言われたように、おそらく、私の記した『愛と叡智・イェイツの世界』の本からだけではなく、他のイェイツについて書かれた本からもイェイツを学ばれて、朗読に臨んでくださったような気さえするわ」

「加藤剛さんだったら、きっと勉強されていらしたのよ」

「そうでもないと、イェイツの心の奥を洞察するような、まるで、イェイツの心理を追体験して移し替えているような、あれほどの読み方ができるであろうか、と思った」

「普通、英文学科の学生でさえ、イェイツの名前は知っていてもあまり深くは知らないわよね。大学一年の時の英詩の時間でも、イェイツは『イニスフリーの湖島』の詩しか教わらなかったしね」

「イェイツの書いた詩の数々、イェイツの苦悩や、そこからの脱却の道程までは知らないままに過ぎてしまうわね」

「私だって、英文科で学んだものの、あなたの本を読む前は、イェイツのことなんて知らなかったですもの。難解と言われるイェイツの詩を読んでも、大方は、通り一遍(いっぺん)に字面(じづら)を追うことしかなかなかできないでしょ」

「にも拘らず、加藤剛さんはイェイツの詩を読み込んで、読み込んで、イェイツを深く味わって、味わってくださった。それを言葉にし、声に出して、表してくださっている。そのこと自体にも、私は、心から感謝を申し上げたいわ」

「加藤剛さんが、あなたの訳詩を気に入ってくださって、心を込めて詠んでくださったと思うと嬉しいわね」

「加藤剛さんが、『近代文学の山ひだを芝居で探り続けたい』との言葉を残されていたけれど、加藤剛さんのイェイツの詩の朗読を聴くと、日本文学だけではなく、広く、英文学の心も充分に探られていたと思えたわ」

私は、加藤剛さんは、演技者、表現者以上に、文学者でいらしたのだと、今頃になって気づいた。

私は二回、加藤剛さんの朗読の録音に立ち会わせていただいたが、いつも、シューベルトやイェイツの想いを演じてくださる演技者、表現者として見ていて、文学者として想像することができていなかった。

文学者の加藤剛さんと、イェイツについての文学論を、お元気な時に一度でもお話ししてみたかった、と残念な気がした。加藤剛さんは、イェイツという詩人をどのように見て、どのように解釈されていたのか、直に伺いたかった、と。

「加藤剛さんて、高校生の時に、チェイホフの本を読まれたのが切っ掛けで、演劇の道に入ろうとされたらしいの」

「全然、知らなかったわ」

「チェイホフは、私も深いなと思うから、加藤剛さんがチェイホフに心動かされたお気持ち、納得なのよ。加藤剛さんは、元々から文学者だったのかもしれない」

「チェイホフ？　私は一冊も読んだことないわ」

村田さんは、怪訝（けげん）そうだった。

「小学校の五年生頃だったか、母が『少年少女世界文学全集』のチェイホフの『桜の園』と『三人姉妹』を買ってくれて読んだの。子供ながらにものすごく感動したわ。チェイホフのこの二冊が私の文学への開眼といってもいいくらいね」

私は二冊の本から、人間が一生懸命に生きた後に味わう、もの哀しさのようなものを感じたのを、思い出していた。

「その後、大人になってから、チェイホフの短編を幾つか文庫で読んだけど、どれもみな、なかなか深いのよ」

「あなたは、チェイホフでも、加藤剛さんにご縁が合ったようね」

村田さんは、微笑（ほほえ）んだ。

そう言えば、余談だが、私が加藤剛さんのお名前を初めて知ったのは小学生の時であった。

筆者の父　古川稔

平将門役の加藤剛さん
（NHK 大河ドラマ『風と雲と虹と』）

父の勤め先の同僚の奥様に、母は「今テレビでやっている『人間の条件』に梶役で出ている俳優が、加藤剛といって、お宅のご主人に似ている」と、言われたと夕食の時に話した。

『人間の条件』をさっそくテレビで見たら、「パパになんかちっとも似ていなかったわ」と、母は、笑っていた。

その後、中学の時に、クラスメートの誰かにも、「あなたのお父様、加藤剛さんに似ているのでは？」と、言われたことがあった。私自身はこれまで一度も、父が加藤剛さんに似ているなんて思ったこともなかった。

このたび偶々（たまたま）、ＮＨＫのアーカイブス番組『あの日あの時あの番組』で、加藤剛さんが一九七六年に演じた大河ドラマ『風と雲と虹と』の最終回の映像を見た。

平将門（たいらのまさかど）の加藤剛さんを見ていたら、四〇年前に亡くなった父を思い出した。どこか似ている。目かもしれないと、思った。偶然、背の高さも一七三センチで同じだった。

従姉に話すと、「稔伯父様と加藤剛さん？　似ていないわ」と、一笑された。確かに、似ているなんて言ったら、加藤剛さんには申し訳ない話だ。世の加藤剛ファンにも怒られてしまうだろう。

「でも、目と凛々しいところが、稔伯父様と似ているわ」と、従姉がすぐ付け加えた。

確かに、そんな気もしてくる。加藤剛さんに、どことなく懐かしい想いが湧くのも、父とどこか似た目をされているからかもしれない。

2

「それにしても、あなたは、それまで、演劇の世界には、ずぶの素人であったわけでしょ。音楽や映画に関わる制作会社の関係者でもないし」

「ずぶの素人ね」

「加藤剛さんからしたら、あなたという人間は、それまで何の面識もないのだから、最初は、見知らぬ、どこのどいつかもわからない人だったでしょうにね」

と、村田さんは、改めて、感慨（かんがい）深そうにしている。

「私も驚きよ。こんなちっぽけな一個人のシューベルトやイェイツに対する想い入れを汲み取ってくださって、心を込めて、私の訳詩を朗読してくださった。加藤剛さんの純粋なご好意には、大変感激したわ」

今も、しみじみ感謝の思いが溢れてくる。

「あなたが、加藤剛さんに朗読をお願いしたいと、体当たりの熱意でぶつかった勇気もよかったのかもしれないわね」

「我ながらよくやったわね。思い出すと、ちょっと恥ずかしいわね」


私は、ずっと長いこと、加藤剛さんは、シューベルトやイェイツの想いや哀しみを汲み取って、彼らの心を役として表現してくださったとばかり思い込んでいた。

だが、今よく考えてみると、シューベルトやイェイツの想いとは、実は、シューベルトとイェイツに共鳴し、心を奮わせた私自身の想いでもあったわけだ。

シューベルトとイェイツは、こうして二人並べてみるととても似ているところがある。二人とも、同じ私という人間が共感し選んでいるのだから、それも当然かもしれないが。

シューベルトの『糸を紡ぐグレートヒェン』での、紡ぎ車の回転を示すようなピアノの伴奏に象徴されるグレートヒェンの出口のない哀しみ、『春の夢』でゆるゆると夢見る夢想。

シューベルトの理想に届かない夢の中で、彷徨(さまよ)い続ける哀しみは、夢と現実、永遠と一瞬、無我と自我、生と死などの二極の中で瞑想する、イェイツの exile の部分と重なる。

さらに、二人とも、実人生の中の喜びと悲しみの融和(ゆうわ)を、一人は音楽の中に、一人は詩作の中に求め続け、極め尽くしていく。

また、そういうシューベルトとイェイツのexileな姿、届かぬ理想を求め続ける姿は、私自身の影法師でもある。

私がシューベルトやイェイツを探求したいと思う作業は、シューベルトやイェイツの衣服を借りて、実は私自身の深い井戸を掘っているようなものだった。

私はシューベルトやイェイツの想いや人生を調べて探求し、それを言葉にして纏めたいと願った。

私が私として、自分自身の深い井戸のような人生を掘り起こして、極め尽くしたいと願う。その願いを実践する作業は、私自身の人生を懸けた非常に意味深い作業であった。

その作業に向かう道の途中で、ある日突然、加藤剛さんという方が、雲の切れ目から、柔らかな光が差し込むように舞い降りてこられ、私という人間に手を差し伸べてくださったともいえよう。

人生のある期間だけ、一人の小さな人間の「**尋ね求める魂そのもの**」と、「**うつろう表情の奥にある哀しみ**」に、ナイトのように寄り添ってくださったかのよう。

加藤剛さんの協力は、ほとんど無償の協力に近いものであった。

もしかしたら、加藤剛さんは、家族より、血縁者より、私には、私の魂的なものの深い理解者であってくださったような気もしてくる。

加藤剛さんは常に、「役の心」を想像して演じていらした方だから、普通の人に比べて、洞察力が研ぎ澄まされていて、私の心の奥をも見通すことができたのかもしれない。

私は加藤剛さんというすばらしい表現者、よき協力者に出会えた。加藤剛さんとの出会いによって、こんなちっぽけな一人の人間の人生においても、私が私らしく、やりたいことを成すことができた。

「村田さん、私、この頃よく思うのだけど、私が私として生きたといえる瞬間を、加藤剛さんのお力を得て齎（もたら）していただいたと言っても過言ではないように思うのよ」

「私も、あなたの話を聞いてそう感じたわ」

村田さんは、いかにもそのとおりといった感じの顔付きだった。

「加藤剛さんご自身は、そのように気張ったり、大げさに考えたり、恩着せがましくシューベルトやイェイツの訳詩の朗読を引き受けてくださったわけでは微塵（みじん）もないであろうけれど」

「勿論、純粋に、あなたの訳詩を気に入られたのよね」

「しかし、結果として、今の私からみれば加藤剛さんは、私の人生にもったいないほどの、貴重な応援者であったわ」

加藤剛さんは、私の自己実現に手を貸してくださった類い稀な方である、と思う。

「そうだわ。加藤剛さんは、あなたの人生にものすごく大きな力で協力をされたのよ。あなたがあなたの人生で、全身全霊を懸けていることに対して、美しいかたちになったのですもの」

そう考えると、加藤剛さんとは、不思議なご縁であった。何度も思うが、それまで何の面識もなかった私の訳詩の朗読を、よく快く引き受けられたと。

「加藤剛さんとあなたは、どこか感性が合っていたのでしょうね。人生における心の向き合い方で、似通ったところがあったのではないかしら」

村田さんは、真面目な優しい表情で、語りかけている。

「優れた芸術の世界に生き続けられた加藤剛さんと感性が合っていたとしたら、大変光栄な、いや、申し訳ないような話よね」

村田さんに、応えながら、いえ、加藤剛さんとの不思議なご縁が繋がったのは、ひとえに、加藤剛さんの深い人間愛と叡智の力によると思った。

ご自分のお仕事を選ばれるのに、名前やお金を考えて、それに左右される方ではまったくなく、内容を見て、純粋に判断される方だったからだと思う。

加藤剛さんには、たとえ、どのような人のものであれ、良いものは良いとするご自身の目と、真摯で寛容な価値観がおありの方であったからだと拝察する。俳優業を越えたところでの、加藤剛さんのお人柄や人生観によるものだと考える。

テレビの『大岡越前』を一度も見たことはないが、加藤剛さんがその役で誠実な人間像を演じたと、よく新聞には書かれてある。

しかし、加藤剛さんは、シューベルトやイェイツを役者として演じたのではないようにも、近頃は思えている。

私の人生の想い入れに、誠実に対峙し、応援してくださった。一人の生身の人間としての加藤剛さんの真摯（しんし）な姿が私には映る。誠実な役柄を演じられたわけではない。

「加藤剛さんからこれまでにいただいた封書を出して見たら、みな、綺麗な記念切手が貼ってあることに、今回、初めて気付いたの」

「みんな記念切手？　きめ細かな方だわね」

「また、加藤剛さんから私に、毎年、劇の御案内が来たわけではなかったので、劇を演じられない年もあったのかしらと思っていたわ」

「毎年、劇を上演するのもなかなか大変でしょ？」

「今回、亡くなられて、これまでに加藤剛さんが演じてこられた舞台の一覧を見たら、侍ものを演じておられる年も間にはあるの。私には、『舞姫』や『コルチャック』などの文芸もののみを御案内くださったことを初めて知ったわ」

「何でもかんでも、ご自分の出る劇ならば案内をする、というような方ではなく、人を見て、その人に合いそうな劇のみを選んで御案内くださっていたのね」

私は、改めて、加藤剛さんの、お心遣いの細やかさにも脱帽した。

3

シューベルトのCDを録音した時に、ビクターの録音室で写っているツーショット（二〇〇〇年、四九頁）を、このたび村田さんは初めて見た。

「この写真を見たら、何だか涙が出てきちゃった。加藤剛さんがまだ若くて。あなたもこの頃は輝いていたわね」と、嘆かれた。

「確かにこの時の加藤剛さんは、まだまだお若いわね。今回、加藤剛さんを追悼して、昔の映画の幾つかを見たのよ。どれも、若くてイケメンだった」

「私は松本清張の『砂の器』を映画で見たわ。確かにハンサムだなと思ったわ」

「でも、若い頃の加藤剛さんより、私がシューベルトの朗読でお会いした頃の加藤剛さんのほうが、私には遥かに素敵に思えたわ」

「あなたの出版記念会の時の加藤剛さんは素敵だったわね。お幾つだったのかしら？　六〇歳くらいかな」

村田さんも懐かしそうな目をしていた。

「やはり、歳月を積まれて、人間として円熟されてきたものがお顔に、お姿に顕れていらしたのだと思う。しかも、あの時はまだ花もあられた。もしかしたら、私は、加藤剛さんの生涯の中で、一番良い時期に出会うことができたのだろうと、思ったわ」

「そうだったかもしれないわね」

私もまだ若かったし、輝いていた。そう思ったら、やはり哀しかった。過ぎていった時を哀しんでいたその瞬間、加藤剛さんのシューベルトの『春に』の朗読が聴こえてきた。

「ああ、あの日はとても幸せだったなぁ」と短調の調べに乗って詩人の溜息を謳った加藤剛さんは、すぐ次に、シューベルトの転調した長調の調べに合わせて声の音質を明るく戻す。

でも、あんな日があったことは幸せだったなぁ。たとえ悲しみや痛みが残っても、あんな幸せな日があったと思えることのほうが幸せかもしれないと。

悲しみを感じることのほうがむしろ、人間として何も感じない人生より幸せかもしれないと、と訴え掛けるシューベルトの囁き声が聞こえてくる。

私はあの頃、自分自身が若かっただけではなく、加藤剛さんによって輝かせてもらったのかもしれないとも思った。

シューベルトが交響曲『未完成』で、人間の人生は、最後まで未完成なのだ、と考えたように、二極の本当の統一が実現する前に、残念ながら、シューベルトもイェイツも死を迎える。

聞くところに拠ると、古賀さんも二〇一八年に亡くなられたという。淋しい限りである。

加藤剛さんも、ご自身の俳優としての道を極め尽くした。それでも、まだまだ、道の先に見果てぬ夢があられたであろう。人間には厳然たる死があるという事実が虚しさを感じさせる。

「シェイクスピアは、人間の一生は舞台の上で、束の間の劇を演じているようなものだと、言っていたでしょ」

「そうだったかしらね。大学の頃に勉強したこと、ほとんど忘れているんだわ」

村田さんは、恥ずかしそうに苦笑した。

「加藤剛さんも、シェイクスピアの言葉を生前よく言っていらしたらしいの。舞台人として、ご自身の劇が終わったら、幕を下ろすように、加藤剛さんも、そっと舞台の袖に下がっていかれたようかしら、と」

「カーテンコールの拍手を聴きながら、静かに舞台を下がっていかれるって、加藤剛さんの引き際にぴったりするわね」

村田さんは、遥か遠く、夢を見ているような表情であった。

イェイツの眠る、故郷ベンバルベンの教会墓地の墓碑銘に添えて、イェイツの遺作の詩、『ベンバルベンの麓で』(Under Ben Bulben)の最後の詩句の三行が石碑に刻まれていたのを思い出す。

Cast a cold Eye
On Life, on Death.
Horseman, pass by!

冷厳な眼で
生と死を見据えて
駆け抜けよ　騎乗の者よ

イェイツは叡智の眼を見開いて、魂の永遠の追求を辞世の詩として謳った。おそらく、加藤剛さんも、その生を生き抜き、死との戦いを終えて、イェイツの最期の詩句三行の文字のようなお心持ちであったと想像する。

「加藤剛さんはきっと、『今こそ、立ち上がっていこう　イニスフリーへ』と、『イニスフリーの湖島』の詩のご自分の朗読を聴きながら、天国に行かれたに違いない、と思うと、嬉しいわ」

イェイツもそうであったと思うが、加藤剛さんも、天国に逝かれたら、きっと安らぎに包まれているのだろうと、私は思った。そこではもう、"I will arise and go now" と、わざわざ謳わなくてもよいのだから。

4

今回、加藤剛さんのお別れ会で、私の著書『愛と叡智・イェイツの世界』の中の『イニスフリーの湖島』の訳詩朗読の音源が流されたことを、村田さんだけではなく、芦田さんや清水泰さんら、友人の何人かに嬉しくなって告げた。

「さっそく、もう一度『愛と叡智』を読み直し、加藤剛さんの朗読のCDを一日かけて聴き直したわ。素晴らしいと思ったわ」と、芦田さんは目を輝かせた。

清水さんは、「CDの音源は永遠に残るから、私はずっと、加藤剛さんの声を死ぬまで聴いていける。これも、あなたが『愛と叡智』の本を作ってくださったおかげよ。『愛と叡智』の本は、私にとって宝物を貰えたように思うから、あなたに有難く思っているの」と、喜んでくれた。

「大森さんから、お別れ会の話を教えていただき、有難うございました。CDで、一六篇の訳詩朗読を最初から通して全部聴き、最後にもう一度、『イニスフリーの湖島』を聴きました。イェイツはどんなに孤独の中にあっても、小鳥や花や、川のせせらぎなど、自然に対しても愛の心を持ち続け、安らぎを見出そうとする人なんだと、思いました。そんなふうに思うのも、加藤剛さんの朗読のおかげだと思いました」との感想も。

偶然にも、お別れ会の夜、ネットから村田さんが見つけてくれた、ツイッターがあった。二〇一二年とある。もう『愛と叡智』の本が出版されて、八年も経っていたのに、五つ星をつけて、読んでくれている人がいたと知り、嬉しかった。

ここにも、「イニスフリーの湖島の朗読は必聴でしょう」と、どなたかが、「イニスフリーの湖島」の朗読を推奨している。やはり、加藤剛さんの『イニスフリーの湖島』の朗読は人々の心に永遠に響くのだろう。

‹ 愛と叡智―イェイツの世界

☆☆☆☆☆ **イェイツの詩が好きなら。葦間に漂う妖精。朗読CD付**

投稿者 ながい糸 2012年5月3日

形式: 単行本

イニスフリーの湖島,クール湖の白鳥,さらわれた子供,宙の妖精たち,さまよえるイーンガスの歌,愛する者が語る胸の奥の薔薇,鴫を咎める,など16の詩の原詩と訳詩。※詳しく興味深い解説つき。※日本語と英語の朗読CD付き(加藤剛、A.J.ピニングトン)。イニスフリーの湖島(The Lake Isle of Innisfree)の朗読は必聴でしょう。また、さらわれた子供では葦間に漂う妖精が鮮やかに詩いあげられます。イェイツ、英詩に親しむための入門編としても良いでしょう。

加藤剛さんは私の訳した詩を幾度も読んで、“word music”の魅力に富んだイェイツの詩を、文字と音の融和を図り、現代に蘇らせてくださった。加藤剛さんというたぐいまれな表現者を得て、イェイツの文字と音の融和が実現していく。

素晴らしい表現をされた加藤剛さんの才能の豊かさに感銘を受ける。限りある命が限りあるものに限りなきうたを残してくれている、と改めて思う。

『イニスフリーの湖島』の中で、加藤剛さんがうたわれた最後の詩句、「私の心の奥深いところでその波の音が絶えず聞こえるから」の、波の下で小石が擦れ合う波の調べは、加藤剛さんの思い出とともに、私の胸の奥にも、いつも木霊のように鳴り響いている。

それは私の中で、流されていくものとは反対に、堆積（たいせき）し、発酵（はっこう）し、結晶していく。そうして、最後に残された記憶は、私自身の全人生の魂となっているようにも思う。

5

加藤剛さんは、私の前に風のように現れて、風のように去っていかれた。しかし、今、『愛と叡智』の中の加藤剛さんに拠るイェイツの詩の朗読は、加藤剛さんとの思い出とともに、私の中で、楽しい時も悲しい時も輝き生き続ける。

「お別れ会にあなたの訳した『イニスフリーの湖島』の朗読が流されて、何だか、加藤剛さんがあなたに、エールを送ってくださったような気がする」と、村田さんに嬉しいコメントを貰った。

そう、私も、『イニスフリーの湖島』のＣＤの加藤剛さんの朗読が流されたお別れ会の後、最期の最期まで加藤剛さんから励まされ、勇気をいただいたように思えた。

加藤剛さんは、これまで演じてこられた劇や映画では、高く評価される素晴らしい作品の数々を残されてきた方だ。

芸術の世界に生きた加藤剛さんが『愛と叡智』の朗読を「私の俳優人生の前半のまとめ」と、評されるほどの作品のように思ってくださったようで、誠に光栄の至りだ。

加藤剛さんご自身にとっても、イェイツの訳詩の朗読は、きっと、得心のいく朗読であられたのだろう。

私自身も誇らしい気持ちが湧いて来る。加藤剛さんの人生にとっても、意味があったと感じてくださった作品を、私も同時期に、加藤剛さんと一緒に関(かか)わらせていただいたのだから幸運な出来事だ。それも、とても近い距離で。

「平成」という一つの時代の中のある季節を、加藤剛さんと私は夢物語の協奏曲を共に奏でたかのようにさえ思えてくる。共に、イェイツを介して、一人は言葉を紡ぎ出し、一人は声に出して言葉を表現し。私もイェイツを想い、加藤剛さんもイェイツを想ってうたってくださった。

とことん自分を極め尽くそうと、私が人生の長い年月をかけて刻んだ言葉と想い（魂）に、加藤剛さんが魂を吹き掛け、形にしてくださった。加藤剛さんがご自身の朗読によって、私自身の想いを美しい芸術にまで高めて、昇華してくださった。

こんなことは、普通には考えられないくらい夢物語であろう。奇跡のような出会いというものがこの世に存在し、その出会いによって、過去の時代の異国の作品が現代を生きる人々の心に強く訴えかけてくる奇跡を目の当たりにする。

私は、来週、膵臓(すいぞう)がんの疑いが濃厚とやらで、膵臓のＥＵＰ超音波内視鏡検査で六日間ほど入院する。全身麻酔で、膵臓と胃に穴を開けて組織を採る検査らしい。

しかし、私は今、私の人生は決して無ではなかった、と思えてくる。こんな小さな私でも、この世に生まれ、生きた歓びを素直に受け入れられるような気がしてくる。

イェイツの『さらわれた子供』の詩句を読む加藤剛さんの抑揚(よくよう)が思い出されてくる。「**こち**

らにおいで！　おお、人の子よ！　いっしょに行こう、湖や荒野へ　妖精と手に手をとって この世は思いのほかに悲しいことで一杯だから」のように、妖精の国（死）も、決して捨てたものではないように思えてくる。

ここで妖精が人間に誘っている湖も、きっと「イニスフリーの湖」であろう。

そこには、『宙の妖精たち』の詩の中の「**かつてあんな悲しい音色もなかった、あんな楽しい音色もなかった**」を読む加藤剛さんの声が、私の胸に響いてくる。

シューベルトが曲の中に込めた「愛をうたうと悲しみになり、悲しみをうたうと愛になる」という転調も同じ境地である。実人生は決して「悲しみ」だけではなかったようにも思えてくる。

私は、「かつてあんな悲しい音色もなかった、あんな楽しい音色もなかった」と自分の心に詠う。私の人生が、自然に、この詩句のように、自分の人生の中の悲しい音色も楽しい音色も、いつしか、溶け合わされていく。

同時に、この詩句を艶やかな響きでうたい上げる加藤剛さんに感謝の想いが溢れて来る。たとえ、虚しく短い一生ではあったにしても、もう嘆かなくていいではないか、と思えてくる。

たとえ一瞬ではあれ、加藤剛さんのような名優のお力を得て、あんなに光り輝いた一瞬が私の人生にはあったのだから。それだけでも、私の人生、かなりやるべきことはやり尽くしたと言えるようにも思えてくる。

誇らしく顔を揚げて、最期の最期まで自分の生を正々堂々と全うせよ！　と。

私の訳したイェイツの詩を加藤剛さんが、慈しみ、愛し、心をこめて詠んでくださったことは、私の人生に、掛け替えのない宝物を残してくださった。

イェイツの詩をうたう、加藤剛さんの美しい朗読の響きの中に、加藤剛さんの魂の宝石が限りなく鏤(ちりば)められている。

『愛と叡智』のＣＤの朗読から流れる出る宝石の結晶を、今日も明日も、私の生き尽くす日の最後まで、一つ一つ拾い集め、私はこの胸に抱いて、今を生きる。

【了】

〈著者紹介〉

大森惠子（おおもり けいこ）

日本女子大学文学部英文学科卒業後、同大学院文学研究科英文学専攻博士課程前期修了。

著書：『Honeysuckle の追憶』『英詩のこころを旅して──今、Innisfree に誘われて』『愛と叡智・イェイツの世界』『新渡戸稲造・武士道を読む』『高校生が読んでいる「武士道」』、その他『春の夢〜心に響くシューベルト歌曲の天の調べに耳をすませて』（CD）の構成・翻訳・解説等。

加藤剛さんと
ノーベル賞詩人イェイツ

定価（本体 1400円＋税）

乱丁・落丁はお取り替えします。

2020年　9月 26日初版第1刷印刷
2020年 10月　5日初版第1刷発行
著　者　大森惠子
発行者　百瀬精一
発行所　鳥影社（www.choeisha.com）
〒160-0023　東京都新宿区西新宿3-5-12トーカン新宿7F
電話　03（5948）6470, FAX 03（5948）6471
〒392-0012　長野県諏訪市四賀 229-1（本社・編集室）
電話 0266（53）2903, FAX 0266（58）6771
印刷・製本　シナノ印刷

ISBN978-4-86265-829-6　C0095